同志社大学講義録

『ねじまき鳥クロニクル』を読み解く

佐藤 優

青春出版社

はじめに

同志社大学には、植木朝子学長を塾長とする「新島塾《にいじまじゅく》」という他の大学には存在しないユニークな教育機関がある（本書P197～「〈同志社大学 新島塾〉の概要」参照）。文科系、理科系の学生や教員が一緒になって教養と専門知の双方を身に付けるとともに、一生使える勉強の仕方を覚えていく。私も新島塾を通じた教育に積極的に参加している。

同志社大学というのは実に不思議な空間だ。私は1979年4月に同志社大学神学部に入学し、大学院神学研究科博士課程（前期）組織神学専攻を1985年に修了した。1960年生まれの私は今年で63歳になるが、同志社にいた6年間が人生の半分くらいを占めるような気がする。私が学んだのが神学部という少人数学部だったせいもあるかもしれないが、学生同士の関係、教師と学生の関係が緊密だった。そして一生関係が続く友人や恩師を得ることができた。

私は学生時代、3つのことに全力投球した。1番目が神学研究、2番目が学生運動、3

番目が外交官試験の準備だ。同志社の神学部の特徴は、学派にとらわれず、教師も学生も自分が興味を持った分野を徹底的に掘り下げた研究を行うことだ。良い点は親分子分関係がないのでのびのびと研究できることだ。不利な点は学派ができないことだ。しかし、私に神学を教えてくれた緒方純雄先生（組織神学）、藤代泰三先生（歴史神学）、野本真也先生（旧約聖書神学）は、学知と人生を結びつけるという姿勢では共通していた。また、学生運動を通じて他学部の学生とも親しく付き合うようになった。このときの経験がその後の人生で役に立った。

私は、神学を専攻したにもかかわらず、牧師やキリスト教主義学校の聖書科教師にならず、外交官になった。この背景には、私が神学部と大学院で研究したチェコのプロテスタント神学者ヨゼフ・ルクル・フロマートカ（1889－1969）の影響がある。フロマートカはナチス・ドイツの支配に抵抗したので、亡命を余儀なくされ、第二次世界大戦中はアメリカのプリンストン大学神学部で教壇に立った。戦後は、社会主義化したチェコスロヴァキアに帰国し、無神論社会におけるキリスト教徒の役割について真剣に考え、行動した。イエス・キリストの福音《ふくいん》は、神を信じる人たちのためだけでなく、神を信じない人、宗教を否定する人たちのためにもあるとフロマートカは確信した。そして「人間とは何か」というテーマで話し合えば、必ず共通の理解に達することができると考えた。

東西冷戦による対話の不足から核戦争が起きることを懸念して、フロマートカは1958年にキリスト者平和会議（CPC：The Christian Peace Conference）を創設し、東西間のキリスト教徒の対話に尽力した。また、チェコスロヴァキア国内ではマルクス主義者との対話に努めた。そこからチェコとスロヴァキアのマルクス主義者に「人間の顔をした社会主義」という考えが生まれ、この考えが1968年には同国共産党の指導理念となり、「プラハの春」と呼ばれる民主化運動が起きた。

これに脅威を覚えたソ連は、同年8月、ワルシャワ条約機構に加盟する5カ国（ソ連、東ドイツ、ポーランド、ハンガリー、ブルガリア）によるチェコスロヴァキアへの全面侵攻を行う。チェコ人とスロヴァキア人はこの侵攻に対して非暴力抵抗路線を貫いた。フロマートカも在チェコスロヴァキア・ソ連大使に宛てた手紙を公開し、ソ連軍の即時撤退を求めた。「プラハの春」が鎮圧された後、フロマートカも異論派（ディシデント）の代表的人物と見なされるようになった。

フロマートカは、「フィールドはこの世界である」と強調し、キリスト教徒に教会の中に閉じ籠もらずに社会に出て積極的に活動して、自らの信仰を明らかにせよと訴え続けた。

私はその影響を受けて、外交の現場で自らの信仰的良心を生かしてみようと思った。外交官時代には、ソ連共産党守旧派によるクーデター未遂事件（1991年8月）、ソ連崩壊（91年12月）、モスクワ騒擾《そうじょう》事件（93年10月）のような大きな事件にも遭遇した。また、インテリジェンス（特殊情報）の収集と分析というような一般の外交官が経験しない仕事もした。

さらに橋本龍太郎、小渕恵三、森喜朗の3首相の指示を直接受けて、北方領土交渉にも従事することになり、貴重な経験を得ることができた。また、2002年には当時吹き荒れた鈴木宗男疑惑の嵐に私も巻き込まれ、東京地方検察庁特別捜査部によって逮捕、起訴され、512日間、小菅《こすげ》の東京拘置所の独房に勾留《こうりゅう》されることになった。

これらの経験には善いこともあれば、そうでないこともあった。しかし、いずれの出来事も、私が同志社で経験した出来事のいずれかに原型があった。今になって思うと同志社は小宇宙で、それはその後私が経験した大宇宙と相似形をなしているのだ。この現実を新島塾の塾生に伝えたいと思っている。

本書の元となったのは、2021年5月から8月まで、オンラインで行われた塾生有志とのオンラインでの読書会だ。テキストは村上春樹氏の長編小説『ねじまき鳥クロニクル』だ。優れた小説は複数の読み解きが可能だ。この小説を私は「悪とは何か」という切り口から塾生と一緒に読み解いていくことにした。

キリスト教神学には、善なる神がこの世界をつくったにもかかわらず悪が存在するのはなぜか、という重要な問いかけがある。専門的には「神義論（弁神論）」と言う。神学の場合、他の学問と異なり、結論は予《あらかじ》め決まっている場合が多い。神義論の場合、この世界の悪に対する責任は神にはないという結論は決まっている。

キリスト教徒で悪について真剣に考えた1人が、使徒パウロだ。少し長くなるが聖書の関連箇所を引用しておく。

わたしたちは、律法が霊的なものであると知っています。しかし、わたしは肉の人であり、罪に売り渡されています。わたしは、自分のしていることが分かりません。自分が望むことは実行せず、かえって憎んでいることをするからです。もし、望まないことを行っているとすれば、律法を善いものとして認めているわけになります。そして、そういうことを行っているのは、もはやわたしではなく、わたしの中に住んでいる罪なのです。わたしは、自分の内には、つまりわたしの肉には、善が住んでいないことを知っています。善をなそうという意志はありますが、それを実行できないからです。わたしは自分の望む善は行わず、望まない悪を行っている。もし、わたしが望まないことをしているとすれば、それをしているのは、もはやわたしではなく、わたしの中に住んでいる罪なのです。それで、善をなそうと思う自分には、いつも悪が付きまとっているという法則に気づきます。「内なる人」としては神の律法を喜んでいますが、わたしの五体にはもう一つの法則があって心の法則と戦い、わたしを、五体の内にある罪の法則のとりこにしているのが分かります。わたしはなんと惨《みじ》めな人間なのでしょう。死に定められたこの体から、だれがわたしを救ってくれるでしょうか。わたしたちの主イエス・キリストを通して神に感謝いたします。このように、わたし自身は心では神の律法に仕えていますが、肉では罪の法則に仕えているのです。

（『ローマの信徒への手紙』7章14－25節、新共同訳）

罪が形をとると、悪になる。罪が人間に内在しているということは、悪も私たち一人ひとりに内在しているということだ。この現実を知るために『ねじまき鳥クロニクル』という小説は極めて優れている。この小説を精読することを通じて、同志社の学生たちは、一見、善良に見える優しい人物（岡田亨《とおる》）に恐ろしい悪が内在していることを見事に読み解いた。こういう読書体験は、社会に出てからの人間関係において必ず役に立つ。

また、現実の世界で起きている出来事を読み解く上でも本書はとても有益だ。罪が形をとると悪になることについては既に述べた。この悪が人格化すると悪魔になる。

２０２２年2月24日にロシアがウクライナに侵攻した時点で、この戦争は、ウクライナ東部に居住するロシア語を常用する人々の処遇をめぐるロシアとウクライナの二国間問題をめぐるものだった。現在、この戦争の性格は質的に変化している。ロシアVS.（ウクライナを支援する）西側連合との全面戦争になっている。

同時にこれは価値観戦争でもある。西側連合からすれば民主主義VS.独裁、ロシアからすれば真実のキリスト教（正教）VS.悪魔崇拝（サタニズム）の戦いだ。西側連合から見れば、ロシアのプーチン大統領は悪が人格化した悪魔であり、ロシアからすれば、アメリカのバイデン大統領やウクライナのゼレンスキー大統領が悪魔なのである。こういう他者を悪魔化しやすいキリスト教の構造をわれわれは理解した上で、それを脱構築する方策を考えなくてはならない。

この講義を実現する上では、新島塾塾長の植木朝子先生（同志社大学学長）、受講生の益田雪景氏、脇琴野氏、川村昴氏、松元胡桃氏、木村文星氏、新島塾事務局の椙尾直輝氏にたいへんお世話になりました。書籍化にあたっては青春出版社の赤羽秀是氏、フリーランスの編集者兼ライターの本間大樹氏にたいへんお世話になりました。どうもありがとうございます。

2023年3月12日、曙橋（東京都新宿区）の仕事場にて

佐藤優

同志社大学講義録『ねじまき鳥クロニクル』を読み解く

目次

第1章 メタファーを読み解く

第2章 資本主義がつくる悪

第3章
軍国主義がつくる悪

第4章

能力主義がつくる悪

第5章

無自覚になされる悪

第6章

自分の悪を受け入れる

本書は、2021年5月〜8月に行われた「同志社大学 新島塾」での講義をもとに構成したものです。

講義は、村上春樹著『ねじまき鳥クロニクル　第1部　泥棒かささぎ編』『ねじまき鳥クロニクル　第2部　予言する鳥編』『ねじまき鳥クロニクル　第3部　鳥刺し男編』（すべて新潮文庫）をテキストとして進められました。

本書のテキスト引用部分の著作権は、すべて上記著作物の著作権者に帰属します。

第1章

メタファーを読み解く

人間の根源悪を見つめる

佐藤　それでは講義を始めます。この講義では村上春樹さんの長編小説『ねじまき鳥クロニクル』をテキストに、人間の持つ「根源悪」について考えていきたいと思っています。「悪」というものに対して、私たち日本人は、西洋人に比べて明確なリアリティを持ち合わせていないように思います。たしかに時代劇を見れば悪代官が出てきますし、子どものころ、「悪いことをすると死んでから地獄に落ちるよ」などと親や祖父母に言われたことがある人もいるでしょう。しかしながら私たち日本人の意識する「悪」というのは、世間様に迷惑をかけるなだとか、他人をないがしろにして自分勝手な行動をとるなといったような、他者との関係性の中でとらえられる非常に曖昧なものです。

ところが西洋の場合は、キリスト教の価値観がベースにありますから、人間は誰もが拭いがたい「悪」を抱えているという確信のようなものがあります。人間の内側には罪があって、その罪が形になると「悪」となると考えます。人間の祖であるアダムとエバの原罪が、今を生きる私たちにも脈々と引き継がれているということです。

ですからキリスト教の世界観においては、「悪」は実体として確実に存在するものです。

誰もその「悪」から逃れることはできないし、消し去ることもできない。そういうリアリティが、西洋圏の人々、とくにキリスト教徒にはあるのです。

講義のテキストとして取り上げる『ねじまき鳥クロニクル』は、人間の根源悪の問題を考える上で、深い示唆を与えてくれる物語です。

人間の悪は、資本主義、能力主義といった社会システムによって増幅されることがあります。また、アジア・太平洋戦争という破滅的な戦争は、人間の悪が、当時の軍組織で異常に増幅したことにより起こった惨劇だったというとらえ方もできます。

だからこの講義では、人間の持つ根源悪とはそもそも何なのかということについて、皆さんと一緒に考えてみたいと思います。

小説を読むことは自己対話

佐藤　さて、これから『ねじまき鳥クロニクル』を読み進めていくにあたって、皆さんに意識しておいてもらいたいポイントが２つあります。

１つ目は「自己と対話しながら読む」ということ。２つ目は「隠された意味を読む」ことです。

小説を読むというのはどういうことかというと、「自分を知ること」なんです。自分の持つ内面世界が、文章のどの部分に感応したか？　その感応した部分が、今のあなたにとって重要な意味を持つということなのです。だから、たとえば皆さん全員に『ねじまき鳥クロニクル』の同じ章を要約してもらったとしても、絶対に同じ要約にはならない。その人にとって重要だと感じられる部分が要約されるわけだから、要約という形で現れているものは、じつはその人の内面世界なんです。

小説を読んでいて、どこの部分で自分の心は動いたのか。それに気づくことで、普段は知らない自分の内面世界を知ることができます。登場人物が体験することを「代理体験」することによって、自分でも思いもよらなかったような感情の揺らぎが起こることがある。その揺らぎに自覚的でいること。それが「自己と対話しながら読む」ということです。だから読み方は人それぞれで、どれが正解ということはない。

ところで受講生のKさんは、この小説を読んでみて、全体を通してどういう感想を持ちましたか？

受講生K　さまざまな物語世界が複雑にからみ合って壮大なようでいて、でも結局、非常に狭い範囲で物語が進んでいるのかなと思いました。

佐藤　構成が非常に複雑だよね。いわゆるプロットだけ追っていてもわからない小説だと思う。大学で文学部の人たちだったら、ナラティブ、すなわち物語の構造を分析的に読んでいくというのが今は主流だと思います。でも、そういう読み方はこの講義ではしない。『ねじまき鳥クロニクル』は、アナロジー、それからメタファーが多用されています。比喩表現や象徴的な表現によって、何かを暗示するような描き方がなされている。この暗示をどういうふうに読み解いていけばよいか。そちらのほうに重点を置きたいと思います。それが「隠された意味を読む」ということです。

これらに加えてもう一つ、テキストに「註」を付けながら読む作業をしていこうと思う。たとえば『ねじまき鳥クロニクル』は、「ノモンハン事変」がとても重要な位置づけにあります。このノモンハン事変とはどういう歴史的な出来事だったのか。これは客観的な知識の問題だから、それの「註付け」をしていかないといけない。そういう註付けの作業をしていくことによって、教養を広げていきたいとも思っています。ちなみにこの講義では、1930年代の満州事変から日中戦争、ノモンハン事変あたりの歴史を知るために、作家の五味川純平《ごみかわじゅんぺい》が書いた『戦争と人間』という小説を参考にします。ただものすごく長い小説なので、これを原作として日活《にっかつ》という映画会社が製作した3部作映画、『戦争と人間』

を観ることで歴史的な知識の部分を補いたいと考えています。

メタファーに隠された意味

佐藤　さて、この小説はアナロジーやメタファーが多用されていると言いました。アナロジーは類推《るいすい》のこと。たとえばワインの味を表現するときに、「深い森のような豊かな味わい」とか「フルーツのような爽やかな酸味」とか「シルクのような滑らかな舌触り」といった広告キャッチコピーがつけられていたりするでしょう？　味や香りのような感覚的で主観的なものは、なかなか説明しようとすることは難しい。だから「～のような」という表現をつけて、普段の私たちが共通に体験している別の物事を引き合いに出して、それに喩《たと》えることで理解してもらおうとする。

メタファーは隠喩《いんゆ》のこと。アナロジーでは「～のような」という言葉を入れて表現していたけど、メタファーではそれをしない。「氷の刃」「彼女は天使だ」というふうに、「氷のような刃」「彼女は天使のようだ」と言わないでそれを表現する。「～のような」を入れずにまったく別の意味の言葉を組み合わせることによって意外性が生まれて、新鮮な驚きや強いインパクトを相手に与えることができる。「時は金なり」という言葉があるけど、「時」

と「金」はまったく別のものだよね？　でもこう言うことで、時間はお金のように貴重なものであるということを伝えられます。

メタファーのような比喩表現は、人間の思考を超えた、超越的なものを表現するときにも力を発揮します。たとえばキリスト教では「父なる神」という表現をする。しかし神は人間ではなく、キリスト教においては唯一絶対の存在だ。なのになぜ「父なる」という比喩を使うのか？　それはイスラエルの民にとって父親とは絶対的な存在であり、厳しいと同時に外敵から家族を守る強さと優しさを備えた存在であって、神と人との関係は、ちょうどその父親と子どもの関係に似ている。だからこの比喩を使うことで、神の性質をなんとかとらえようとしているわけです。

それからもう一つ、「白い鳩」というと何を想像するかな？　これは文化圏によっても違うけど、我々日本人ならだいたい「平和」をイメージするでしょう？　こういうのを「象徴」と言います。シンボルとも言う。ワシは権力の象徴とか、バラは愛情の象徴とか、火は情熱の象徴とかね。ただ、やはり文化圏や宗教によってだいぶイメージするものが違ってくる。

アナロジー、メタファー、シンボル。物語に隠された意味を読み解く上で、この3つのことを頭に入れておいてもらいたいと思います。

呼び出しの「電話」

佐藤　それでは実際に、隠された意味を読み解いていきましょう。テキストの第1部冒頭は、こんなふうに始まる。

台所でスパゲティーをゆでているときに、電話がかかってきた。僕はFM放送にあわせてロッシーニの『泥棒《どろぼう》かささぎ』の序曲を口笛で吹いていた。スパゲティーをゆでるにはまずうってつけの音楽だった。

（村上春樹 著『ねじまき鳥クロニクル　第1部　泥棒かささぎ編』、新潮文庫　P11）

佐藤　いきなり冒頭で、電話がかかってくる。Mさん、この「電話」ってどんな意味合いがあると思う？

受講生M　その人と相手をつなげるとか、伝えるとかの意味合いでしょうか？

佐藤　Wさんはどう思う？

受講生W　場面の転換させる意味合い？
佐藤　Kさんはどう思う？
受講生K　電話だから、「相手の姿が見えない」という意味合いがあるのではないかと思います。
佐藤　「匿名性」はあるよね。匿名の、誰だかわからない外部からの働きかけによって物語がスタートする。誰だかわからない外部からの働きかけ。これ、私たちの文化圏ではピンとこないかもしれないけれど、ユダヤ・キリスト教文化圏だと「神からの呼び出し」を連想するはずです。電話が鳴るのも、神からの呼び出しも、どちらもコーリング（calling）だからね。
　コーリング（calling）は、キリスト教神学では「召命《しょうめい》」を意味します。神に呼ばれて、神に与えられた使命に導かれることです。「召命」を受けた者は、神の威厳に圧倒されてただ従うしかなくなります。
　神であり人でもあるイエス・キリストがガリラヤ湖畔で初めて宣教を始めたとき、漁師たちは、イエスから声をかけられるとすべてを捨て去って付き従います。これも召命の力で、まるで雷にでも打たれたかのような衝撃を受けて、すべてを捨ててイエスに付き従うしかなくなるんです。自発的な意思によってではなく外側からやってくる意思によって、というところがポイントで、神様がその人の心の扉をノックする感じと言っていいかもしれない。

いきなり冒頭で電話がかかってくるというのは、まさにそんな「召命」のイメージが喚起させられます。

「猫」とカイロス

佐藤　さて、小説の主人公・岡田亨《とおる》とその妻・クミコは猫を飼っていたんだけど、その猫がどこかにいなくなった。

「ところで猫《ねこ》は戻ってきた?」

そう言われて、朝から猫のことをすっかり忘れていたことに気づいた。「いや、まだ戻ってきてない」

(『ねじまき鳥クロニクル　第1部　泥棒かささぎ編』、新潮文庫　P17)

佐藤　「猫」というのは、Mさん、どういう意味合いがあると思う？

受講生M　岡田亨自身を投影している存在かなと考えました。

佐藤　Wさんはどう思う？

受講生W　猫が消えたことは物事の発端で、何か悪いことが起きる合図の意味合いがあるのかと。

佐藤　Kさんはどう？

受講生K　猫は、岡田亨とクミコの平和で静かな生活の象徴かなと考えました。

佐藤　なるほど。家に猫がいることは、2人の平和で静かな生活の象徴と見ることができるね。すると猫がいなくなるということは、その状況に変化が起きていることを意味している。つまり猫は、舞台装置が転換するときの一つの印になっている。

そのことはテキストの第1部3章で、岡田亨と、加納《かのう》マルタという女性が会話するところからもわかる。

「でも僕らはこれまでずいぶん長いあいだそこに住んでいたんです。僕らと猫と一緒に。それがどうして今になって急に出ていったんですか？　どうしてもっと前に出て

いかなかったんですか?」
「はっきりとは申し上げられませんが、たぶん流れが変わったせいでしょう。何かの関係で流れが阻害されたのでしょう」

(『ねじまき鳥クロニクル　第1部　泥棒かささぎ編』、新潮文庫　P84)

流れが阻害され、猫がいなくなった。つまり「猫がいなくなる」ということには「カイロス」としての機能があるんだと思う。

古代ギリシャでは、「時間」には2つの種類があると考えた。

「流れる時間」をギリシャ語で「クロノス(χρόνος)」という。英語で言うところのクロノロジー(chronology)すなわち「年表」の語源です。クロノロジーは、年表や年代記のように、過去の出来事を時系列に並べたもののことを言う。だからクロノスは、水平に一方向に向かって流れる時間のことを言います。

これに対してもう1つ、「縦から垂直に切断する時間」というのがある。これを「カイロス(καιρός)」と言います。英語で言うところのタイミング(timing)です。水平に流れる時間を、上から垂直に切断するような、節目になる時間ということ。

ちょっとピンとこないかもしれないから例を示そう。Ｗさん、あなた誕生日はいつ？

受講生Ｗ　２０００年の11月27日です。

佐藤　その日はあなたにとって特別な日でしょう？　毎年お祝いするでしょう？　だから誕生日はあなたにとっての「カイロス」ということになる。

特別な日ということだから、今後もあなたにとっての「カイロス」が出てくるはずですよ。たとえば、人生の大切なパートナーとの出会いの日。あるいはその彼と結婚する日。それから大学に入った年月日だって、あなたにとっての大切なカイロスと言える。

特別な日ということで考えれば、個人にとっての「カイロス」もあるけど、国家や民族にとっての「カイロス」もあるよね？　どういうのがある？

受講生Ｗ　たとえば独立記念日とか？

佐藤　そうだね。独立記念日はまさにその国にとっての「カイロス」です。国民の祝日なんかもそうだよね。

忘れ去られる新型コロナ

さて、ここでちょっと応用問題。新型コロナ騒動は１００年後も歴史に残り、カイロスとして刻まれるだろうか？

受講生W　世界中で騒がれて世の中が大きく揺れ動きました。パンデミックということなので歴史に残って、教科書なんかにも載るのではないかと思います。

佐藤　Kさんはどう思う？

受講生K　スペイン風邪も歴史に残っているので、今回の新型コロナも歴史に残ると思います。

佐藤　本当にそう？　スペイン風邪って、別名「忘れ去られたパンデミック」と言われているよね？　実際スペイン風邪に関する著作って、調べてみると驚くほど少ない。今回スペイン風邪に注目が集まったのは、新型コロナ禍の影響によるところが大きいと思う。そうでなければ忘れ去られていた。どうしてスペイン風邪は忘れ去られていたと思う？

受講生M　カイロスがなかったから？

佐藤　その通りです。要するに何月何日からスペイン風邪の感染が始まったかというのがはっきりしない。だからカイロスとして刻まれない。スペイン風邪が流行した「１９１８年」という年は世界的な大事件の真っただ中だった。なんだと思う？

受講生M　第一次世界大戦です。

佐藤　そう、第一次世界大戦だ。このときスペインってどういう立ち位置だった？

受講生M　中立国。

佐藤　中立国だよね。1914年に始まった第一次世界大戦が1918年に終結したのは、じつはスペイン風邪の影響があると言われているんだ。兵隊がバタバタとこの感染症で倒れていったからね。スペイン風邪というのは、スペインだけの感染症ではない。戦争をやっていた当事国に全体的に蔓延《まんえん》していた。それで多くの人々が亡くなっているんだけど、戦争をしている当事国としては、前線で兵隊が感染症でバタバタと死んでいることをニュースで発表するだろうか？　しないよね。敵国にそんなこと知られたくない。だから戦争当事国は、新聞や雑誌などのメディアで感染症のことを一切報道しなかった。ところがスペインは中立国だ。だから感染症のことを報道していた。だから世界から見ると、まるでスペイン国内だけでパンデミックが起きているように見えた。だから「スペイン風邪」と呼ばれるようになってしまったんです。

当時、日本でもスペイン風邪は蔓延していた。ところがある出来事が起きたことで、スペイン風邪のことはすっかり忘れ去られてしまう。それはどんな出来事？

受講生M　関東大震災でしょうか？

佐藤　そう。1923年9月1日に起きた関東大震災です。この震災でたくさんの犠牲者が出た。この震災は、日本人に刻まれた重要な「カイロス」に間違いありません。このカイロスによってスペイン風邪のことはすっかり忘れられてしまった。関東大震災と違って、明確な日付が刻まれなかったから。

だから今回の新型コロナに関しても、私はカイロスにはならないと思う。日本で最初の感染者が確認されたのは2020年の1月15日のことだったけど、この日付を記憶している人は多くない。その前から中国の武漢《ぶかん》でのパンデミックが騒がれていたし、世界中ですでに広がりを見せていた。カイロスとして刻まれるには時間の境界が曖昧だから、おそらくしばらくすると人々の記憶から忘れ去られると思う。そして将来また別のパンデミックが起きたときに、歴史の屑《くず》かごから拾われて、アナロジカルにその出来事をとらえるサンプルとして思い出されるに過ぎなくなる。

それに対して関東大震災のように「カイロス」として深く刻まれる出来事というのは、「それまでの時間」と「そこからの時間」が、まるで大きく変質してしまったかのようなインパクトがある。2001年に米国で起きた9・11同時多発テロや、2011年3月11日に起きた東日本大震災もそう。それからウクライナへのロシアによる軍事侵攻が始まった2022年2月24日も、歴史上、大きなカイロスになる可能性があります。

ちょっと話がそれたけれども、流れる時間「クロノス」とは違った、上から垂直に切断する時間「カイロス」というものが存在するということを知っておいてもらいたいと思います。

亨とクミコの感性のズレ

佐藤　さて、続きを読むよ。ある日、主人公の岡田亨と妻・クミコの間で、ちょっとした諍《いさか》いが起きる。

「あなたは私と一緒に暮らしていても、本当は私のことなんかほとんど気にとめてもいなかったんじゃないの？　あなたは自分のことだけを考えて生きていたのよ、きっと」と彼女は言った。

僕はガスをとめて、鍋をレンジの上に置いた。「ねえ、ちょっと待ってくれよ。そんな風にいろんなことを混同しないでほしいな。たしかに僕はティッシュペーパーとトイレットペーパーのことと、それから牛肉・ピーマンの関係については不注意だったかもしれない。それは認める。でもだからといって、僕が君のことをずっと気にもとめていなかったということにはならないと思うよ。

(『ねじまき鳥クロニクル　第1部　泥棒かささぎ編』、新潮文庫　P53)

佐藤　岡田亨が、スーパーマーケットで青いティッシュペーパーと花柄のついたトイレットペーパーを買ってきたこと、それから夕食に牛肉とピーマンの炒め物を作ったことに、妻のクミコはひどく腹を立てる。クミコはそれらがどうしても嫌いなのだと言う。でも、なぜ妻がこれほど腹を立てるのか、夫の岡田亨にはピンとこない。

「ティッシュペーパーやトイレットペーパー」と「牛肉とピーマンの炒め物」。さて、この2つのものが表す象徴ってなんだろう？　これ、対概念《ついがいねん》になっていると思うんだけど。

受講生M　トイレットペーパーはトイレでいろいろ拭いたりするもので……。

佐藤　そう。拭くためのものでしょう？　ティッシュペーパーは鼻をかんだりするもの。要するに人間の「排泄《はいせつ》」に関わるものだよね。じゃ、牛肉とピーマンは？

受講生M　食べるもの。

佐藤　そう。だから「摂取」だよね。「摂取」と「排泄」。人間は食べることと、排泄することをしないと生きていけないわけでしょう？　これらは人間という有機体の、根源的なことでしょう？　だからクミコが言いたいのは、私という有機体をあなたはまったく理解できていないということだよ。単なるすれ違いじゃなくて、根源的なところにおいてあなたは私をまったく理解していないと、こういう意味だと思う。

ところでWさん、女性の立場からして、食べるものについてあなたの趣味をまったく理解しないで、たとえばトイレになんか変な色のペンキ塗ってあるとか、そういうような男性と一緒に住みたいと思う？

受講生W　ちょっと難しいです……。

佐藤　だから生理的な問題なんだよね。生理的な好き嫌いの問題というのは、善悪の問題とは違うわけだ。クミコからしたら、自分の生理的なものを理解しない人とずっと一緒に住んでいたんだと、そういう怒りなわけです。

岡田亨はどうも、そのあたりの感情的なもの、感性的なものに鈍い男性のように描かれている。この諍いが起こる前、テキストの第1部1章のところで、クミコが現在失業中の亨のために仕事をすすめる場面がある。知り合いの雑誌社で若い女の子向けの小説誌を出しているから、そこに投稿される詩の選考と添削、それからその雑誌の扉《とびら》用の詩を書く仕事をやってみないかと言うんだ。

「でも詩っていったって、女子高校生の読むような詩よ。べつに文学史に残るような立派な詩を書けっていってるわけじゃないんだから。適当にやればそれでいいのよ。わかるでしょ？」

「適当にも何も詩なんて絶対に書けない。書いたこともないし、書くつもりもない」

（『ねじまき鳥クロニクル　第1部　泥棒かささぎ編』、新潮文庫　P15）

クミコは、亨が高校時代に何か書いていたことを知っていたし、少し前まで法律事務所に勤めていて現在も法律関係の職探しをしているんだから、文章にたずさわる仕事はどうかと思ってすすめたんだと思う。でも亨はかたくなに拒むよね。女子高校生の読むような詩だし適当にやればいいとクミコは言うけど、亨は詩なんて絶対に書けないと断る。

詩というのは、感情的で、感性的で、情緒的なものだよね。対して岡田亨がたずさわってきた法律関係の文章は、ロジカルで、理路整然としていて、善悪をはっきりさせようとするものだ。詩っていうのは、好き嫌いとか感受性の世界だけど、法律の文章というのは善悪の世界だよね。
岡田亨はロジカルな善悪の世界で生きているので、女子高生が好んで読むような詩の世界は理解できない。こういうところにも女性の生理的なものを理解できない、亨のある種の鈍感さが表れているように思う。

笠原メイは舞台装置を回す

佐藤　それからテキストの第1部1章で、笠原メイという女の子が登場する。主人公の亨が近所で猫探しをしているときに出会った、ちょっと不思議な感じのする女の子だ。

振りむくと、向かいの家の裏庭に女の子が立っていた。小柄《こがら》で、髪はポニーテイルにしている。飴色《あめいろ》の緑の濃いサングラスをかけ、袖《そで》のないライトブルーのTシャツを着ている。そこからつきだした細い両腕は、まだ梅雨もあけてないというのに、むらなく綺麗《きれい》に日焼けしていた。

（『ねじまき鳥クロニクル　第1部　泥棒かささぎ編』、新潮文庫　P28）

佐藤　年齢は15歳か16歳くらい。学校に通わず、自分の家の裏庭にいつもひとりでいる。最初の出会いをきっかけに亨と仲良くなっていくわけだけど、Wさん、この笠原メイって物語全体の中でどういう役割があると思った？

受講生W　物語の流れを調節する役割のように感じました。

佐藤　そうだね。笠原メイというのは、つまり狂言回しだよね。舞台を回していく役割を果たしている。普段は物語の「外層」にいるんだけれども、突然物語の本筋に入ってきて、とんでもないことを言ったりとかやったりする。それによって舞台装置が大きく転換していくわけです。だから笠原メイが出てくるときには、必ず何か変なことが起きるでしょう？　そうやって舞台が回っていく。この物語の謎解きをやる上での鍵を握るような人物だね。Kさんはどう思う？

受講生K　スイスの心理学者ユング（1875－1961）が提唱した元型の一つ、「トリックスター」の役割を果たしているのかなというふうに思いました。

佐藤　そういう存在でもあると思う。トリックスターは神話とか物語において、それまでの硬直した秩序を打ち壊してしまういたずら者で、道化師のような存在だけれども、笠原メイはたしかにそういう機能も果たしているよね。

そういうわけのわからないところがあるのが笠原メイなんだけど、岡田亨は笠原メイに引き寄せられるようにして度々訪ねていくし、内面にしまっておかなければならないような秘密も彼女にだけは告白するでしょう？　だからものすごく不思議な位置にいるんだ、彼女は。

それから笠原メイは、徹底的に「無垢《むく》」というところも重要だよね。性的な経験がないということもそうだし、人を疑うことを知らない。「未成年性」と言ってもいい。

ところで、キリスト教でマリアが処女懐胎したというのは、生物学の常識から考えておかしいという批判があるよね？　これは文献学的には、ヘブライ語聖書の時点では「適齢期の女性マリア」だったのを、ギリシャ語聖書に翻訳するときに「処女マリア」というふうに訳しちゃったことに起因する。ギリシャにはアルテミスという貞潔の女神がいて、その神話によれば、処女は特殊な力を持っていて、男性と関係を持つことでその力が失われてしまうと。それでギリシャ語に訳すときに、特殊な力というものをマリアが持っているんだということを象徴するために「処女」という言葉を当てはめたようなんだよね。

つまり「処女」とか「未成年性」というものには、何か特殊な力が宿っているというイメージがあるわけです。成熟してない非常に無垢な女性、そういう特別な意味のある人物をあえて登場させて舞台回しとして使っている。これも笠原メイの役割を読み解く、一つのポイントになるかと思います。

マイノリティからの視点

佐藤　そんな笠原メイと、主人公の岡田亨は、こんな会話をする。

「ねえ、もしあなたが好きになった女の子に指が六本あることがわかったら、あなたはどうする？」と娘は話のつづきを始めた。
「サーカスに売るね」
「本当に？」
「冗談だよ」と僕は笑って言った。「たぶん気にしないと思うな」

（『ねじまき鳥クロニクル　第1部　泥棒かささぎ編』、新潮文庫　P36）

佐藤　この会話に続いて笠原メイは、女の子に乳房が4つあったらどうするかと亨に尋ねる。この部分だけど、Wさんはどう解釈した？

受講生W　「ありえないこと」を表しているのかなと思いました。
佐藤　Mさんはどう考えた？
受講生M　ほとんどの人は、指は5本、乳房は2つなので、普通は「ありえない」と考えるけれども、じつはありえる。
佐藤　いいところに気づいた。そういうことだよね。「あなたは異質な人にどう対応しますか？」と尋ねているわけだ。「自分とは差異がある人にどう対応しますか？」と、こういう問いかけだよね。つまり、マイノリティに対してどういうスタンスですかと。
そういう視点から見ると、この物語に出てくる登場人物って、いわゆる社会のど真ん中からは外れた周縁の人、マイノリティが多いと思わない？　主人公の岡田亨は、失業中。笠原メイは、不登校。加納マルタや加納クレタにしたって、ちょっと変わってるよね。それから妻のクミコだって、どこか普通の人じゃないでしょう？　「まともな人」からはズレていて、象徴的に、指が6本あったり乳房が4つあったりするような人たちばかり出てくるよね。
じゃあこの物語において、いわゆる「まともな人」ってどんな人が挙げられる？
受講生M　クミコの父親？

佐藤　そうだよね。東京大学を優秀な成績で卒業して運輸省のキャリア官僚になった。世間の目から見たら成功者であり、常識のある立派な人だと思われている。ヒエラルキーがすべてであって、エリートにならなければ生きている意味などほとんど何もないという考えの持ち主で、上の者にはかしこまって下の者は見下すような俗物だけれど、社会のヒエラルキーによく順応していて世間から見たらマジョリティの側にいることだけは間違いない。少なくとも失業中の亨や不登校の笠原メイよりは「まともな人」と見られている。

クミコの父親のエリート像はこの小説ではカリカチュア（誇張）化されているけど、いい学校を出て社会人になり、この世の中はエリートによって支配されているんだという俗物的な考えを持ってる人って実際にいくらでもいるでしょう？　笠原メイの「指が六本」の質問は、あなたはそっち側の人間なのか、それともこっち側なのか、それを確かめたかったのかもしれないよね。そして『ねじまき鳥クロニクル』の面白さの一つは、「まともな人」たち側からの視点ではなく、そういう「周縁の人」たち側からの視点で語られていくところにあるように思います。

さてここまで、物語に隠された意味の読み解き方を、みんなでちょっと練習してきました。一つの言葉、一つのエピソードに込められた暗示のようなものを、探り出す感覚が少しはつかめたと思う。

こうした感覚を踏まえた上で、次からは、「悪」の問題ついてさまざまな角度から考えていきたいと思います。

第2章

資本主義がつくる悪

お金のために人は働くのか

佐藤　テキストの第1部冒頭で、主人公の岡田亨は、かかってきた電話にこう答える。

「何かのセールスだとしたら、何度電話をかけてきたって無駄《むだ》ですよ。こっちは今失業中の身だし、何かを買う余裕なんてないから」

（『ねじまき鳥クロニクル　第1部　泥棒かささぎ編』、新潮文庫　P12）

佐藤　さて、亨は現在「失業中」ということなんだけど、これにはどういう意味があると思う？

受講生M　妻に養ってもらっている身だということ……？

佐藤　確かにそうだね。私は、主人公が「失業中」として出てくるのは、資本主義システムに対するアンチテーゼだと思うんだ。前のところで、この物語は「まともな人」たち側からの視点ではなく、「周縁の人」たち側からの視点で語られていると言ったよね？　笠原メイにしてもまともに働かないで、まあ、かつらメーカーのアンケート調査のアルバイトなんかはしているけれども、資本主義システムのど真ん中にはいるわけではない。つまり岡田亨とか笠原メイとか「周縁の人」たちを描くことで、ど真ん中の「まともな人」たちが、じつはどれだけズレているのかということを示そうとしているんじゃないかと思う。資本主義システムのど真ん中にいるいわゆる成功者と呼ばれる人たちが、どれだけ異常なものを抱えているか。だから主人公が「失業中」という設定なんじゃないかと。

ところでWさんは、妻に養ってもらいながら生活するような立場になりたいかな？　つまり就職しないで誰かがお金を出してくれるんだったらそれでもいい？

受講生Ｗ　うーん、世間体もあるので、やっぱり何かの職に就いて働くかもしれません。

佐藤　世間体ね。Ｋさんはどう？

受講生Ｋ　帰属意識というか、どこかのグループに所属しているという安心感がほしいので、私も働くと思います。

佐藤　でもどこかのグループに所属するということなら、別に働かなくても、サークルだとか、地域の集まりに属してもいいわけだよね？　皆さんなら同志社大学の学生という形で、働いてはいないけど大学に所属している。働くこととの差異はどこにあるの？

受講生Ｋ　社会貢献ができているかどうか？　でもやっぱりお金を得るためですかね？

佐藤　お金を手に入れることを基準に考えると、結局、資本主義の枠の中にとらわれちゃうから、なんでもいいからお金になることとやればいいってことになる。そこをお金を稼ぐことを基準にするんじゃなくて、仕事というのは本来、自分の可能性を実現するためのものとか、社会に貢献するためのものととらえると、また考え方も変わってくる。

ドイツ語に「ベルーフ（Beruf）」という言葉があって、「職業」という意味のほかに「召命」という意味がある。「召命」については前に説明したよね。つまり、職業というのは神に召されて使命を与えられることであると。仕事というのはたんに賃金をもらうためだけのものじゃない。神との関係の中でその役目を果たすことでもある。ひとりで黙々と作業をして何かを完成させる喜びを感じるときがあるでしょう？　対象化と言うんだけど、自分の内側にあるものを外側に出して何かを創造する。それによって自己を確認し、自己を表現し、自己実現する。そこには喜びがある。そしてその対象化されたものが、社会に還元されて人々に喜ばれ、それがまた喜びとなる。

でもさ、実際はどうだろうか。世の中の働いている人が果たしてすべてそのように働いているように見える？

受講生M　お金を稼ぐために、いやいや働いている人がほとんどのように見えます。

佐藤　そうだよね。喜びを持って働いている人なんて、今の世の中、そうそういないよね。そんなこと考えるヒマもなく、とにかくお金を稼ぐために必死にやるしかないというのが現実だ。

なぜ、労働することの喜びがなくなってしまったのか。それは、資本主義においては「お金を稼ぐために自分を売る」のが当たり前というシステムになってしまっているからなんだ。このことを理論的に解明したのが、ドイツの経済学者カール・マルクス（1818－1883）です。

マルクスが見抜いた労働疎外

佐藤　マルクスは『資本論』という著作で、資本主義システムにおいては、労働力が一つの「商品」となってしまうと説明しています。この「労働力の商品化」こそが資本主義の特徴であり、諸悪の根源になっていると言うんだね。

資本家というのがいて、彼らは資金や工場や土地など「生産手段」を持っている。資本主義システムとは、ごく簡単に言うと、資本家が生産手段と労働力を結合させることによって、みずからの資本を自己増殖させるシステムと言える。たとえばKさん、私が今持っているこのボールペン。あなたが資本家で、これを商品として作って売るとしましょう。まず何が必要になる？

受講生K　お金でしょうか？

佐藤　まずお金だよね。つまり資本がなければ始まらない。そのお金で何を購入する？

受講生K　材料を買います。

佐藤　原材料が必要だね。ボールペンのボディや芯を作るのにはプラスチックが必要だし、芯の頭の部分には金属も必要だね。あとはインクなんかも。でも材料があるだけじゃ作れないよね？　何が必要？

受講生K　工場でしょうか？

佐藤　そう。材料を加工したり、加工してできた部品を組み立てたりする工場がないと作れない。だけど資本家は、もう1つ、とても大切なものを用意しておかないといけない。

受講生K　労働者ですか？

佐藤　その通りです。工場の現場で働く労働者が必要になるでしょう？　つまり資本家が商品を作るためには、原材料を買うのと同じように、労働力を買う必要がある。お金を出して労働力を買うわけだ。そしてその買ったお金がそのまま、働く人にとっての賃金となる。これがマルクスの言う「労働力の商品化」ということになります。

ここで考えてみて。あなたが資本家で、よりたくさんの利益を上げようとするならどうする?

受講生K　できるだけ原材料費などの経費を抑えて、原価を安くします。

佐藤　そうなると当然、人件費も抑えるわけだよね。本当はただ働きさせて人件費ゼロにするのがいちばん利益を出せるんだろうけど、それだとさすがに労働者が倒れてしまう。継続的に労働力を確保することが大事だから、労働者が受け取る賃金は、次の3つのものを満たすものでなければならない。

1つ目は、労働者が衣食住に費やして、ちょっとしたレジャーを楽しんで、次の1か月も働けるエネルギーを蓄えるのに必要な費用。2つ目は、労働者が家族を育て、次の世代の労働者をつくり出していくために必要な費用。3つ目が、産業システムの高度化などに備えて、労働者がみずから教育・訓練を行うために必要な費用。

最低限これらの費用をまかなえるだけの賃金が、労働者に支払われるわけです。資本家は、この3つの要素を満たした金額で労働力を購入する。労働力を「商品」として購入する。生活していくのと、家族を扶養するのと、新しい技術を習得するのとで、賃金のほとんどが使われてしまうわけだから、労働者はどんなに働いたって絶対にお金持ちにはなれない。そういう構造になっている。

資本主義が勃興した当初は、できるだけ人件費を抑えることで利益を上げようとする資本家がたくさんいて、非人道的な過重労働が当たり前だった。炭鉱労働なんかで1日中働かせて、20代にして老人のように腰が曲がって、30歳過ぎくらいで死んでしまう人がたくさんいた。こんな状況で、自己実現だとか労働の喜びだとか感じられる？　感じられないよね。チャップリンの『モダン・タイムス』という映画でひたすら部品のネジを締めるだけの労働者が出てくるけど、彼のように思考するヒマもなくひたすら作業を続けるしかないわけです。

そこまではいかなくとも、資本主義システムにおいては「労働力の商品化」が起きることで、人々は働くことの本来の意義を見失い、単なる作業をむなしくたんたんと続けるしかなくなる。生産ラインの中の、歯車の一部でしかなくなる。それをマルクスは、「労働疎外」という言葉で表現しました。働くことの本来の意義から、人々が疎外されているということだよね。

これまでは国家の法規制や介入によって労働者が守られ、資本主義の暴走が食い止められてきたから、産業革命のころのような資本主義の凶暴性は見えにくくなっている。でも最近は新自由主義なんてのが出てきて、自由競争こそが正しいみたいな考え方で、少しずつ産業革命のころに逆戻りしている感じがある。超富裕層が現れる一方で、先進国でも貧困が深刻化するなど、社会の二極化現象が進んでいる。資本主義の「悪」の面が暴走し始めています。

結婚も一つの交換システム

佐藤　さて、テキストに戻ろう。第1部9章で、主人公の亨が、法律事務所で一緒に働いていた女の子の家に泊まった夜のことを回想する。その女の子はもうすぐ結婚するので仕事を辞めることになり、仕事の最後の日に、職場のほかの何人かと一緒に飲みに行った。その帰りに、亨は彼女の部屋に寄ることになる。部屋で彼女はこんな話をする。

「私は暗渠《あんきょ》が怖いの」と彼女は膝を両腕で抱きしめるような恰好で言った。「暗渠って知ってるでしょう？　地下の水路。蓋《ふた》をされた真っ暗な流れ」
「アンキョ」と僕は言った。どんな字を書けばいいのか、僕には思いだせなかった。

（『ねじまき鳥クロニクル　第1部　泥棒かささぎ編』、新潮文庫　P195）

佐藤　彼女が2つか3つのころ、生まれ故郷の福島の田舎で、農業用水を流すような小さな川で子ども同士で遊んでいたら、彼女は暗渠の入り口に向けて押し流されてしまう。近所のおじさんに助けられたんだけれども、そのときの恐怖の記憶が今でも残っている。その恐怖が結婚前にまた表れてきた。Mさん、どうしてだと思う？

受講生M　本当に結婚相手を愛しているかどうかという不安からでしょうか？

佐藤　ちょっと質問なんだけど、売春と結婚って何が違う？

受講生M　売春は、性をお金で買うもの……？

佐藤　そうだよね。売春というのは、「性欲」と「金銭」との交換だ。先ほどのマルクスなんだけど、資本主義のもとではあらゆるものが商品化されると言っています。売春はまさに、自分の性を、商品としてお金に換える行為だよね。

でもさ、結婚も突き詰めて行くと、売春と同じ構図と見ることができない？　だって生活の安定のため、つまり経済的な安定のために、自分の性を与えるという側面があるわけでしょう？　そこには金銭と性との交換がある。たとえばクミコの母親は典型的で、キャリア官僚と結婚したことで、将来の安定した生活を手に入れた。その選択と行動って、基本的なところでは売春と同じ構図でしょう?

だからこの結婚前の女の子は、結婚における交換システムというものの本質を直観的に知って、性の交換によって経済的な安定を手に入れるという欺瞞《ぎまん》の闇の中に吸い込まれていくことに、ひとり怯《おび》えていたんじゃないかな。交換システムの中に吸い込まれて自分というものをなくしてしまうような恐怖が、暗渠に吸い込まれていく恐怖のイメージと重なって、それで岡田亭に「怖いの」と言ったんじゃないかと思う。

このように資本主義社会においては、結婚すらも一種の商品化がなされていくということです。

貨幣はどうして生まれたか

佐藤　それから資本主義システムを考えるとき、どうしても「貨幣」の本質を見極める必要があります。この中で経済学部の人はいる?

受講生M　はい、経済学部です。

佐藤　貨幣ってどうやって生まれた?

受講生M　最初は物々交換だったものが、交換の効率を良くするために生まれたものだと思います。

佐藤　いわゆる主流派経済学においては、貨幣はすでに自明のものとして、説得力のある説明がなされていません。このあたりを説明するのはやはりマルクス経済学です。マルクス経済学は、アダム・スミスやデヴィッド・リカードといった古典派経済学からスタートしているからね。

まず商品には、「価値」と「使用価値」というものがある。

「使用価値」というのは、ボールペンだったら文字が書けること、パンだったら食べることができること。実際に使用するための価値だね。そしてマルクス経済学における「価値」というのは、日常用語とは違って、交換における共通性を指します。たとえばボールペン1本は、あんパン1個と物々交換できるとする。そのときボールペンが持っている交換能力のことを、「価値」と言います。

ところでMさん。ある人に、あなたのパソコンをボールペン2000本と交換してくれないかと言われたら交換する？

受講生M　しないと思います。

佐藤　ボールペン2000本もいらないもんね。そこでそのある人は、何か別のものを経由して交換しようと考える。ボールペン2000本の交換能力に等しい何か別のもの。これを「一般等価物」と呼ぶ。ここまで「価値」「使用価値」、それから「一般等価物」という言葉が出てきた。皆さん、この3つはメモしておいて。

さて「一般等価物」は、たとえば昔の中東世界においては「羊」だった。日本では？

受講生M　お米だと思います。

佐藤　そう。お米だよね。昔は、羊や米という「一般等価物」を介して人々は商品を交換していた。しかし経済規模が大きくなるにつれて、米や羊ではなかなか交換がうまくいかなくなる。たとえば細かい価値を払うのに、羊を分割するわけにいかない。4等分にしたら死んじゃうでしょう？　その点、お米は細かく分割するのには適している。だけど米を一般等価物として、高級自動車を買うとなるとどうなる？

受講生M　米が大量に必要になります。

佐藤　そうだよね。何俵になるかわからないけど持ち運ぶだけでも大変でしょう？　そういうところから貨幣というのが生まれてくる。貨幣という「一般等価物」の価値を決めるのは、人間だ。だから人間と人間の関係の中において貨幣の価値は成立する。そこには

「信用」という裏づけが必要となる。貨幣の価値を、お互いが同じように認める。信用する。それがなければ貨幣は成り立たない。

貨幣が誕生したことで、人間の経済活動は格段に発展する。貨幣は腐らないし分割できる。持ち運びにも便利だ。それまでにはなかった万能の「一般等価物」となった。そして経済の発展ともに、人々の貨幣に対する思い入れはとても強くなっていく。お金さえあれば、基本的にはなんだって手に入れることができるからね。

やがてお金は「神」となる

そしてもう一つ重要なのが、お金が自己増殖する性質を持っているということだ。

交換手段としての貨幣の循環を、マルクスは、W（商品）—G（貨幣）—W（商品）という式で表した。ある「商品」によって手に入れた「貨幣」によって、何か別の「商品」を買う。この式はそのことを表している。最初の「W（商品）」には、「労働力商品」が入ってもいい。つまり我々が、労働力という「商品」を売って、賃金として「貨幣」を手にして、その貨幣で食糧なんかの「商品」を買うという循環だ。

ところがこれで終わらないのが、マルクスの慧眼《けいがん》です。彼は、貨幣が自己増殖する過程を次の式で表した。すなわち、G―W―G'です。どういうことかわかる?

受講生M 今度は「貨幣」を「商品」に換えて、その商品を売ってまた「貨幣」を得る?

佐藤 そういうことなんだけど、最後の「G」にはクォーテーションマークがついていて「G'」となっているところが重要なんだ。マルクスの式では、G'=G+g(貨幣+剰余価値)となる。つまり「G'」は、貨幣に「剰余価値」がプラスされたものなんです。

たとえばある資本家が、自分の「資金(貨幣)」を投下して原材料を購入し、工場などの生産ラインと労働力を使って「商品」を作り、出来上がった商品を市場で売ることで「貨幣」を得るとする。ところが商品を市場で売って得られた貨幣は、最初に投下した資金(貨幣)の金額よりも増えている。その差額分が「剰余価値」というわけだ。

等価交換の循環であったはずなのに、なぜ「剰余価値」が生み出されたのか。深く考えたマルクスは、「剰余価値」は、商品が作られる過程で、労働力を搾取《さくしゅ》することによって得られた価値だということを発見する。ごく端的に言うと、労働力商品を購入したときの元手が取れる範囲をずっと超えて、労働者をたくさん働かせて、たくさんの商品を作らせて、それを売ることにより得られた価値だということ。

このようにして使われるお金(資本)は、自己増殖する性質がある。そしてお金があればほとんどのものは手に入れることができる。だから資本主義社会においてはお金が強大な力を持つ。こういう社会では、お金のような単なる物質に過ぎないものを、神のように崇めるフェティシズム（物神崇拝）が起こるのだとマルクスは言っています。

それでKさん、昔の貨幣はゴールドを鋳造して作られていたよね？　使っているうちにどうなっていく？

受講生K　摩耗していく？

佐藤　どんどんすり減っていくよね。仮に今、ゴールド1グラムを8000円としよう。100グラムでいくら？

受講生K　80万円です。

佐藤　使っているうちに10グラム減ったら価値はどうなる？

受講生K　8万円分減ってしまいます。

佐藤　そんなふうに、使っているうちにいちいち価値が変わってしまったら面倒でしょう？　そこで国家が介入することになった。国家が刻印を押して、これは80万円の価値があるものですよと認めた。そうすると98グラムに摩耗したゴールドであっても、80万円の価値に変わりはない。であれば極端な話、国家が保証さえすれば、ゴールド自体が50グラムであろうが30グラムであろうが構わないことになる。そこで最終的に何が登場する？

受講生Ｋ　紙幣でしょうか？

佐藤　そう。紙幣が生まれるわけだ。国の信用によって裏づけられた紙幣というものが出てくる。つまり私たちは、国によってこれは価値あるものですよと言って刷られたただの紙切れに、一喜一憂しているということだ。

　このように貨幣の本質を知っておくことは、資本主義の欺瞞を見抜く上でとても重要になってきます。

金利のしくみには悪が潜む

佐藤　資本主義システムというのは、少しでも多くのお金を得てたくさんのものを手に入れたいという人間の欲望に根差して機能しているシステムなんだけど、私たちはそのシステムにどっぷりと浸《つ》かっているから、そこに内在する「悪」にはなかなか気づけない。

　ところでキリスト教では、人間の罪はどこから始まったと言われている？

受講生Ｍ　アダムとエバが、エデンの園の木の実を食べたこと？

佐藤　それが原罪の始まりとされているよね。それによってアダムとエバはエデンの園を追い出された。どうして園の中央に生えている木の果実を食べたことが罪になるの？

受講生M　神様に食べてはいけないと言われたのに食べたから。

佐藤　一般的にはそう解釈されることが多いよね。でもキリスト教神学では少し違った見方をする。

禁止された木の実を食べたアダムとエバは、自分たちが裸であることを自覚したので、いちじくの葉をつづり合わせて腰を覆う。すると園の中で神が歩く音が聞こえてきた。神に見つかりたくないので、アダムとエバは園の木の間に身を隠す。「食べるなと命じた木から食べたのか」と神は問いただす。するとアダムは「女が、木から取って与えたので、食べました」と言う。それでエバのほうは、「蛇がだましたので、食べてしまいました」と言う。

ところが聖書をよく読むと、蛇は「それを食べると、目が開け、神のように善悪を知るものとなる」と言ったのであって、けっしてだまして食べさせたのではない。なのに「蛇がだましたので、食べてしまいました」とエバは嘘をつく。アダムはアダムで「女が、木から取って与えたので、食べました」と責任転嫁する。この言い逃れ、どう思う？　つまり木の実を食べたというその行為自体よりも、嘘をつき、責任転嫁をする2人の言動こそ、人間の原罪の始まりだという見方がある。
そしてその罪は我々にも引き継がれている。立場が危うくなると、とっさに嘘をついて言い逃れをするなんてことはよくあるでしょう？　このように罪を抱えた人間という生き物は、常に悪を犯してしまう。だから、そのような人間がつくり出すものには必ず何かしらの悪が含まれているとキリスト教では考える。
この考え方に基づくと、私たちが自分たちの力でより良い社会を実現しようとしたとき、社会は善なるものになると思う？

受講生M　なりません。

佐藤　そうだよね。資本主義システムも国家システムも、しょせんは人間がつくったシステムに過ぎない。だからキリスト教的な視点で見ると、神の意思から外れた悪なるものということになる。
ちなみにKさん、今、銀行の普通預金の利子ってどれくらいか知っている？

受講生K　たしか０・０１％くらいだったかと……。

佐藤　いや、もっと低くて０・００１％しかない。定期預金でも０・００２％でしょう？　限りなくゼロ金利だよね。それではそもそも、なぜ金利が発生するかわかる？

受講生K　お金が返ってこないリスクがあるから？

佐藤　それもある。でもいちばんの理由は「機会費用の損失」ということ。お金は手元にあれば、投資したりして利益を出すことができる。たとえばあるお金持ちが100万円持っていて、投資してもっと増やそうと考えていたところに、誰かが100万円の借金を申し込んできたとする。利子を付けずに貸したら、このお金持ちは、本来投資で得られたはずの利益（機会費用）が得られなくなる。だから利子を付けて貸すことで、投資で得られるであっただろう利益を確保しようとする。これが「機会費用の損失」という考え方だ。

資本主義社会においては、この金利というものは誰もが当然のものだと考えているよね。でも中世において貨幣経済がまだ発達していないころは、教会は、利子を取ることを禁じていました。なぜだかわかる？

受講生K　神の意思に背くから？

佐藤　そういうことです。キリスト教では、無から有を生み出していいのは神様だけだと考えている。利子は、無から有を生み出しているよね？　そして利子は時間が経《た》つほど増える。時間は神がつくったものだ。人間が勝手にそれを利用してはいけない。だから利子を取ることは神を冒瀆《ぼうとく》することだと考えられていた。

ところが社会が発展して商業活動が盛んになると、どうしても利子を付けないと経済活動が回らなくなってきた。たとえば当時は地中海貿易が盛んで、とても儲かった。貿易の規模が大きくなると初期投資にお金がかかる。個人の資金ではとてもまかなえないので、いろんな人からお金を集める必要がある。ところが利子を付けなければスムーズにお金を集めることができない。教会もそのような現実を認めざるを得なくなり、とうとう利子を付けることが認められたという経緯があります。

我々は銀行に預金したら利子が付くのは当然だと考えている。借金したら、利子を付けて返すのが当たり前だと考えている。ところが時代が違えばまったく価値観が違う。キリスト教的な視点からすれば、利子を付けるなんていうことは悪徳行為だったわけです。

資本主義、自由主義、民主主義、我々人間は、さまざまなイデオロギーや社会システムをつくってきた。でもそれは、当たり前のものでもなければ絶対的なものでもない。人間のつくるシステムはどんなものであれ、神の意思から外れた悪なるものが潜んでいるというのがキリスト教の考え方だ。たとえば利子のしくみのように、資本主義というのは我々に一見正論かのようなロジックを押しつけてくることがあるけど、そこに内在する「悪」に気づき、疑う目を持ってほしいと思います。

夢も恋愛も経済力が決める

佐藤　さて『ねじまき鳥クロニクル』に戻るけど、この小説はけっこう食べ物に関する描写が多いよね？

受講生Ｗ　冒頭もスパゲティーをゆでているシーンから始まります。

佐藤　そうだね。それから岡田亨とクミコの諍いの原因となった牛肉とピーマンの炒め物が出てくる。加納マルタから最初の電話がかかってくる場面では、亨はトマトのスライスとチーズをはさんだサンドイッチを作っていた。仕事中のクミコからかかってきた電話では、クミコは昼食にその辺でサンドイッチでも買って食べると言っている。こうした食べ物の描写から何か感じることはない？

受講生Ｗ　どれも簡単な食べ物です。

佐藤　ファストフードとまではいかないけど、洋風ですぐに調理できる感じの食べ物だよね。クミコはその辺でサンドイッチを買えるような職場に勤めている。普段どんな食事をしているかでその人の生活スタイルがわかると思うんだけど、岡田亨とクミコの夫婦はその点、どんな生活をしている？

受講生W　今どきの、都会型の暮らしという感じでしょうか。

佐藤　そうだね。高度消費社会の都市部に暮らす人たちの典型的な生活スタイルだよね。便利な暮らしはできているものの、どこか消費社会の枠に組み込まれた画一的なものを感じる。

小説や映画やドラマにおいて、登場人物の生活スタイルから作品の時代設定を知ることはとても重要で、それが作品を読み解く上での鍵になることもあります。Wさんは西暦2000年生まれだから、日本がバブル景気だったころにヒットした『男女7人夏物語』というドラマなんてよく知らないでしょう？

受講生W　聞いたことはありますが観たことはありません。

佐藤　放映されたのが1986年だからちょうどバブルが始まったころのドラマです。30歳前後の結婚適齢期の男女7人が繰り広げる恋愛もの。それで、そこに出てくる登場人物の生活ぶりなんて、皆さんが観たらびっくりするよ？　みんな高級マンションに住んでいて、デザイナーズブランドの高価なスーツに身を包んで、高級車に乗って、高級ワインを飲んでいる。かといって当時の同じくらいの年代の若者が、ドラマの登場人物のように裕福だったかというとそうでもない。でもまったくリアリティがないかというとそうも言えない。当時は若いサラリーマンでも大学生でもクレジットカードをつくって、ローンで買ったデザイナーズブランドの服に身を包んでいた。誰もが高級志向、ブランド志向だった。『ねじまき鳥クロニクル』の舞台設定が１９８４年だからバブルに入る直前でしょう？だから時代の雰囲気としては、そういうころだよね。

それじゃＷさんは、『東京タラレバ娘』という漫画は読んだことある？

受講生Ｗ　はい、シーズン１のほうなら読んだことあります。

佐藤　２０１４年から２０１７年まで『Kiss』という講談社の女性漫画誌で連載された、東村アキコさんによる漫画です。テレビドラマ化もされたよね。恋愛に悩むアラサー未婚女性３人の人間ドラマだけど、Ｗさんはどう思った？

受講生Ｗ　３人で居酒屋に集まってレバ刺しをつまみにビール飲んだりして、なんだか現実的というか……。

佐藤　そうなんだよ。「男女７人」ではお酒を飲むシーンは高級なバーみたいなところなのに、タラレバ娘のほうは普通の居酒屋でしょう？　それもホッピーなんて飲んで酔っ払ってる。ホッピーってさ、日本がまだ戦後でビールが高級品だったから、それで発案されたインチキビールなの。焼酎に、麦芽とホップが入った炭酸水を混ぜて飲むんだ。それでつまみもレバ刺しだとかタラの白子だとか。切ないよね。
そんなタラレバ娘の彼女たちが望む幸せは何かというと、安定した収入と結婚。だから正社員になれたなら仕事を絶対に辞めちゃダメ。結婚につながらない恋愛も無駄。収入が安定した旦那をつかまえて、早く家庭をつくってまとまることがいちばんの幸せ。徹底した生活保守主義なんです。Mさん、シーズン2のほうは読んだ？

受講生M　たしか、図書館司書のパートをする女性の話ですよね。

佐藤　そう。シーズン2のほうの主人公は、短大を卒業してからフリーターで職を転々としてきた30歳の廣田令菜《ひろたれいな》という女性だね。大きな夢もなく、なんとなくバイトや派遣を転々としてきたけど、30歳になってさすがにきつくなってきた。バイト先と家を往復し、コンビニでお菓子を買ってきて、それを食べながらネットフリックスで映画を観るのが唯一の幸せ。親にパラサイトして生きる日々。そんな自分の人生を見つめ直し、主人公は夢を持って生きようと決意する。結局それも、結婚して安定した家庭を手に入れるということなんだけどね。
それで、ここで気づくべきポイントは何か？「男女7人」と「タラレバ」の違いってなんだと思う？

受講生M　生活レベルがどんどん下がってきている。

佐藤　そう。あまりにも生活レベルが違うよね。1980年代後半のバブルで沸いていたころの日本って、いったいなんだったんだというくらいね。

そしていちばんの違いは欲望の大きさだと思う。「男女7人」の時代はバブルに突入してイケイケだったから、高い服を着たい、いい車に乗りたい、高級なマンションに住みたい、そしてそれを実現してくれるような素敵な男性と結婚したいという欲望がすごかった。当時の女性が求めた理想の男性像は「三高」と言って、高収入、高学歴、高身長だった。ところが「タラレバ娘」のほうは、収入は低くてもいいからとにかく生活を安定させたい、高望みはしないから安定したパートナーがほしいと。その中でささやかな幸せや喜びを見つけていく。それでいいんだと。つまり大きな欲望を持たない生き方になってきているわけです。

資本の論理が暴走する時代

佐藤　時代を象徴する2つのドラマを紹介したけど、その違いの背景には、資本主義の形態が変化していったことと大きな関わりがあります。

１９９１年にソビエト連邦が崩壊して、資本主義陣営は対抗しなければならない相手がいなくなりました。それまでの資本主義陣営は、共産主義圏への対抗意識もあって、労働者に対して保護的な政策をとってきました。つまり資本家の側である企業に多少の規制をかけてきたわけです。「男女７人」のころはまだそうだった。ところがソ連が崩壊すると、資本の論理が次第に大手を振って前面に出てくるようになります。企業は、規制を撤廃してもっと自由に儲けさせろと言う。そこで登場してきたのが「新自由主義」です。

ところでＭさん、自由主義と、新自由主義ってどう違う？

受講生Ｍ　グローバリズムと結びついたものが新自由主義で、そうでないものが自由主義でしょうか？

佐藤　「自由に儲けさせろ」と唱える主体が、誰なのかを考えるといい。自由主義というのは、17〜18世紀の市民革命のころ、絶対君主の抑圧から自由になることを求めて生まれた思想で、その主体は当時勃興してきた中産階級です。それに対して、新自由主義を唱えている主体って何になる？

受講生Ｍ　グローバル企業？

佐藤　そういうことだよね。自由主義を唱えた中産階級というのは個人のレベルだけれども、新自由主義のほうは、すでに巨大な資本を持っているグローバル企業が主体なんだ。その巨大資本が、もっと自由にやらせろと言って暴れ回っているわけです。国家の垣根を越えて、グローバルに自由に活動できるような社会が望ましいんだと。そしてそれを主張しているのは、じつは限られたごく少数のグローバル企業なんです。

新自由主義では、資本の論理が暴走する。だから労働者の人権なんかは軽んじられる。人件費はギリギリまで低く抑えられる。そうすると労災保険も雇用保険もないウーバーイーツの配達員のような使い捨て型の雇用が増えていくわけです。そうするとどうなるか。前に話した「剰余価値」の理屈で、グローバル企業のオーナーである一部富裕層はどんどん富を増殖していく一方で、労働者は職を転々とせざるを得なくなる。フリーターで職を転々としてきた「タラレバ娘」みたいな状況に置かれるわけです。

ちなみにMさん、一生贅沢《ぜいたく》に暮らせるくらいのお金が入ったら仕事する？

受講生M　仕事しません。遊んで暮らしていけるならそれもいいかなと。

佐藤　私はロシアの富裕層を何人か知ってるんだけど、日本円で数千億円くらいのお金を持っている。でもそういう人たちの生活って、私から見るととても退屈そうに見えるね。だいたいパターンが決まっていて、まずモスクワとロンドンに家を買う。あとはフランス南部のコート・ダジュールだね。それでプライベートのレストランを家の中につくって、みんなで夜な夜なパーティを開く。プライベートジェットを持っているから、それに乗って世界中に買い物に行く。あるロシアのお金持ちから「佐藤、今、羽田にいるから、これから一緒にステーキを食べよう」と突然電話が来る。それで指定のステーキ店を予約するんだけど、1人だいたい20万円くらいする。それでロマネ・コンティなんてワインを開けるんだけど、1本いくらすると思う？

受講生M　50万円くらいですか……？

佐藤　1本650万円くらい。それを2、3本空けて飲んでる。ちなみに外務省にいたころ、要人に会うときによく使ってたワインがシャトー・ムートン・ロートシルトというんだけど、これでだいたい1本150万円くらい。だからそういう世界ってあるんだよ。そこに行こうと思えば行けるかもしれないよ？　でも、あんまりおすすめはしない。買い物したりうまいもん食べたりするんだけど、そんなことじゃ金を使い切れないから、だいたいそのうちチャリティーとか始めるんだ。でもみんなものすごく退屈そうにしてる。

資本主義が形態を変えた新自由主義というのは、こうした富裕層をつくり出して、富はますます彼らに偏在していくわけです。その一方で貧困にあえぎ、小さくてもいいから安定した生活を切望する人々がいる。資本主義が内包する「悪」というのは、このように顕在化しているのです。

「すべては自己責任」の欺瞞

佐藤　新自由主義の跋扈《ばっこ》する時代には苛烈な競争が生まれるので、必ず勝者と敗者が出てきます。2010年くらいだったと思うけど、やたらと「勝ち組」「負け組」という言葉が流行《はや》ったでしょう？　その少し前から社会の二極化は問題になっていたけど、「勝ち組」「負け組」ブームはその一つの表れだったよね。

その二極化が進んだきっかけが、さらにその10年前の小泉内閣のときです。新自由主義を掲げてさまざまな規制緩和を行った。その一つが派遣法の改正です。それまで派遣労働者は一部専門業種に限られていたのが、この改正によって実質全業種で解禁になった。そこから非正規雇用が一気に増えた。今、非正規雇用って全体の何割だと思う？

受講生K　2割くらいでしょうか？

佐藤　総務省統計局が2021年に発表した数字（「令和2年　労働力調査（詳細集計）」）によると、非正規雇用の割合は、男性で22・2％、女性で54・4％となっている。これだけの人が、賃金が安い上に生活が安定しない非正規雇用という形で働いている。ところが企業側にとっては、安くて流動性のある労働力を使い放題ということで、利益率は上がるし市場競争力も高まる。

ところで小泉内閣になったころから、しきりに「自己責任論」が叫ばれるようになったよね？　皆さんは当時まだ子どもだったからあまり記憶がないかもしれないけど、自己責任論って何？

受講生K　自分の現在の境遇は、自分の努力の結果であって、その結果には自分で責任を持てということ？

佐藤　そういうことだよね。自由競争では必ず勝者と敗者が生まれる。しかし機会はみんな平等に与えられているのだから、敗者になったのは、努力が足りなかった自分自身に責任があるという理屈だよね。

ここで思い出すのが、『ねじまき鳥クロニクル』の中に出てくるクミコの父親の話だ。彼は、東京大学を優秀な成績で卒業した運輸省のキャリア官僚だったね。

日本という国は構造的には民主国家ではあるけれど、同時にそれは熾烈《しれつ》な弱肉強食

の階級社会であり、エリートにならなければ、この国で生きている意味などほとんど何もない。ただただひきうすの中でゆっくりとすりつぶされていくだけだ。だから人は一段でも上の梯子《はしご》に上ろうとする。それはきわめて健全な欲望なのだ。人々がもしその欲望をなくしてしまったなら、この国は滅びるしかないだろう。

(『ねじまき鳥クロニクル　第1部　泥棒かささぎ編』、新潮文庫　P135-136)

佐藤　まさに自己責任論を地で行くような人物だよね。エリートになる努力をしないものは生きている意味すらないと。だから一段でも上の梯子に上る努力をせよと。

この自己責任論というのは企業側にとっては都合がいい。自分たちの搾取の構造はひた隠しにして、「君たちが今不遇なのは、自分の努力が足りないからだ」と主張してもっと労働者を働かせることができる。

しかし、そもそも親がお金持ちの家庭と、経済的に恵まれない家庭では、子どもの進学の選択が変わってくるよね? そうしたら学校のランクによって勤められる仕事も変わってくる。これって自己責任の問題ではないよね? 親が企業のオーナーで、工場や自社ビル、土地や資本金などを持っている家庭の子どもは、そうでない人たちよりはるかに有利だよね？　これも自己責任とは言えない。努力うんぬんの前に、最初から強い立場の人間と、最初から弱い立場の人間というのがいるわけだ。こうした社会的な構造のことを無視して、すべてを自己責任論に帰結させるというのはおかしな話だと思う。

「君たちが今不遇なのは、自分の努力が足りないからだ」という新自由主義にとって都合の良い論理を、今の世の中、我々は当たり前のように押しつけられているのです。ここにも資本主義が内包する「悪」がある。そのたくらみを見抜く力が、我々には必要なのです。

第3章

軍国主義がつくる悪

ノモンハン事変の重要性

佐藤　『ねじまき鳥クロニクル』という小説は、「ノモンハン事変」がとても重要な位置を占めています。満州国とモンゴルの国境付近で危険な目に遭いながら、生き残って帰ってきた「間宮中尉」という老人が出てきます。彼が主人公の岡田亨に打ち明ける戦地での体験談は、物語が進む上での重要な伏線となっています。

ノモンハン事変は日本の歴史上とても重要な出来事です。それから、1931年の満州事変から1939年のノモンハン事変までの期間というのは、日本という国が、無謀なアジア・太平洋戦争へと突入して多くの犠牲者を出しながら敗戦した「失敗の原因」を見極める上で、きわめて重要な期間と言えます。

皆さんはこのノモンハン事変について、高校の歴史の授業でどう習った?

受講生M　満州国の国境でのちょっとした小競り合いというくらいのイメージです。

佐藤　Kさんはどう?

受講生K　日本の関東軍とソ連軍が、満州国とモンゴルの国境付近で直接対決した衝突事件という程度です。

佐藤　テキストでは〝ノモンハン戦争〟と書かれています。教科書ではだいたい、ノモンハン事件とか、ノモンハン事変となっている。ところで、戦争と事件、事変ってどこが違うの？

受講生M　相手国に宣戦布告するのが戦争で、突発的なものが事件や事変でしょうか？

佐藤　そうだね。そして事件よりも事変のほうが規模は大きい。ここでは、ノモンハン事変と呼ぶことにするね。

　1932年に日本は、中国の東北部に満州国を建国した。もともと中華民国とモンゴル人民共和国には国境線が定められていたんだけど、満州国の誕生によって、従来の国境線から20㎞ほど南に流れるハルハ川を、満州国とモンゴルの国境とすると日本側は主張する。モンゴル側に、満州国の領土を広げようという主張だ。それでこのあたりは国境をめぐる係争地帯となり、満州国軍とモンゴル軍の間で小競り合いが頻発していた。モンゴル軍のバックにはソ連軍がいる。満州国軍は実質、日本の関東軍が治めている。それで1939年5月、ハルハ川東方にあるノモンハンという場所で満州国軍とモンゴル軍の交戦が起きると、これがきっかけとなって、関東軍とソ連軍の大規模な武力衝突へと発展した。これがノモンハン事変です。

Mさん、ノモンハン事変で日本はソ連に大敗するわけだけど、これにはどういう意味があると思う?

受講生M　軍事力の差が露呈した?

佐藤　そうです。日中戦争（1937年~1945年）に関しては、当時の中国軍は近代的な軍隊ではなかったので、負けるような相手ではなかった。ところがソ連軍は違う。ソ連軍は、戦車も大砲も近代的で強力だった。ノモンハン事変は第一次（1939年5月~6月）と第二次（同年7月~9月）の二期に分かれていて、関東軍は最初こそ五分の戦いをしたものの、後半はソ連軍がどんどん増援部隊が来るのに対し、関東軍は対中戦争のこともあって必要な増援が得られなかった。最終的には圧倒的な火力の差で、関東軍が壊滅的な打撃を被《こうむ》って負けてしまったんだ。

ちなみにKさん、ノモンハン事件より前に、日本が近代的な総力戦をやったのはいつだろう?

受講生K　日露《にちろ》戦争でしょうか?

佐藤　そう、日露戦争だよね。第一次世界大戦（1914年~1918年）においては日本は大きな戦闘に加わっていないからね。日露戦争は1904年2月に始まり、1905

年9月に終結している。だから近代戦という点において、第一次世界大戦を先取りしていた。そのときに使われた、近代戦の典型的な武器ってなんだったかわかる？

受講生K　戦艦でしょうか？

佐藤　戦艦はもっと前からあった。日清《にっしん》戦争（1894年〜1895年）では、日本連合艦隊と清国北洋《しんこく》艦隊との間で黄海《こうかい》海戦が行われた。日本が無傷だったのに対して清国は主力艦5隻を失って、日本は黄海の制海権を握り、日清戦争の勝利へとつながった。

　しかし日露戦争では、もっと別の、ある強力な兵器が使われた。なんだと思う？

受講生K　毒ガスは第一次世界大戦ですよね……。ちょっとわかりません。

佐藤　今、手元にホッチキス持っている人いる？

受講生M　はい、マックスのホッチキスを持っています。

佐藤　ホッチキスの技術は、機関銃の技術を民間に応用したものなんです。ホッチキスは針が一列に並んでいて、バネで送ってやることで連続して針を打つでしょう？　機関銃も同じように、弾丸が一列に並んでいて、順繰りに送ってやることで連続して弾を打つことができる。日露戦争ではこの機関銃が、新しい武器として大いに使われた。その意味で日露戦争は、第一次世界大戦に先駆けた本格的な近代戦だったと言えます。

そしてその日露戦争の終結が1905年だったということは、1939年のノモンハン事変までの34年間、日本は近代戦の実戦経験がなかったことになるんです。

官僚化する日本の軍組織

佐藤　日露戦争からノモンハン事変まで34年間。これほどの長い期間、近代戦の実戦経験がないと軍隊ってどうなると思う？

受講生M　戦法において後れをとります。

佐藤　ほかには？

受講生M　それこそ機関銃だの、兵器の技術革新が後れる？

佐藤　というよりも、軍隊の組織自体がどうなってしまうかということだよ。30年以上も軍隊組織に残れるのは、幹部だけだ。では幹部になるにはどうすればいい？　実戦がある時期なら相手をどれくらいやっつけたかというのが軍人の評価になるわけだけど、34年間も実戦がなければ、何で評価される？

受講生W　訓練の成績でしょうか？

佐藤　それもあるけど、正確な書類を作成できる能力がある人とか、計画を立ててその通りに物事を処理する能力がある人が評価されるようになってくる。つまり「官僚化」が起きるんです。日露戦争からノモンハン事変まで34年の間に、日本の軍隊は、徹底的に官僚的な組織になったわけです。

ちなみに私も以前は官僚だったからわかるんだけど、官僚の職業的良心ってどこにあると思う？

受講生K　与えられた職務を過不足なくきっちりこなすことでしょうか？

佐藤　たしかにそういうことなんだけど、それを行うもっと根本的な理由があるよね？つまり「出世」です。とにかく同僚の中で少しでも早く抜け出して、出世して上に立つこと。これが彼らの職業的良心であり、彼らの行動すべての基準であり、目的なんです。いかに上司に認められ、組織に認められるかが最優先。国民の生活を少しでも良くしようとか、日本という国家をもっと良くしようということも考えてはいるのだけれど、目先の出世に関心がいってしまう。だから、国益のことだけを考えているような人は出世しないし、別の道に進むことになる。

軍隊組織が官僚化していけば、とにかくミスをせず、与えられた職務を間違いなくこなすことのほうが重要になります。みんなが保身に走ります。下手に何か新しいことを始めて失敗したら、自分に責任がかかる。たとえば当時の連隊長の任期は2～3年。その任期中、過不足なくお役目を全《まっと》うすれば出世できる。だから諸外国の情勢を冷静に分析した上で、新しい戦術や新しい武器をすぐに取り入れるべきだ、などと組織に提案するような人は出てきにくいんです。

官僚化した組織は次第に外から閉ざされていき、組織の論理は自己完結していくようになります。自分たちで企画立案を行い、遂行も自分たちで行い、その評価も自分たちで行う。そしたらKさん、その評価ってどうなる？

受講生K　甘くなります。

佐藤　そう。自分で自分の評価を悪くするようなことはしないから、評価が甘くなるのは当たり前だよね。失敗という評価はない。成功か大成功という評価しかない。

当時の関東軍は、近代兵器を持たない弱い中国軍をやっつけては、成功、成功、大成功、皇軍である自分たちはやはり強い軍隊なんだと鼻息を荒くしていた。客観的な世界情勢の分析や自己省察を疎《おろそ》かにしたまま、とにかく突っ走る。ところが国境の向こうでは、近代的で強大な装備を整えたソ連軍が虎視眈眈《こしたんたん》とこちらをにらみつけていた。それでノモンハンで惨敗してしまう。

それでも日本は太平洋戦争に突き進みます。ノモンハンで惨敗しても、日本の軍部はなぜ暴走を続けたのか。官僚化した組織の自己完結した論理が、それをさせた一つの原因だったと思います。

映画『戦争と人間』に学ぶ

佐藤　満州事変から日中戦争、ノモンハン事変のあたりの歴史を本格的に知るためには、作家の五味川純平（1916－1995）が書いた『戦争と人間』という小説がとても参考になります。ただこれはものすごく長い小説で、三一書房の新書判で全18巻にもなる。1965年から1982年にかけて刊行されました。

さすがにこれを全部を読むのは大変なので、この講義では、この小説を原作とした映画を観ることでショートカットすることにします。日活という映画製作会社が1970年から1973年にかけて公開した全3部作の映画、山本薩夫《やまもとさつお》監督の『戦争と人間』です。ショートカットといっても、上映時間は全部で9時間を超える超大作。Amazonプライムに入っている人なら無料で観られます（2021年8月時点）。入ってない人でもTSUTAYAなどのレンタル店で、数百円で借りられると思う。

とにかく俳優陣がすごくて、滝沢修《たきざわおさむ》、芦田伸介《あしだしんすけ》、髙橋悦史《たかはしえつし》、北大路欣也《きたおおじきんや》といった一流の名優が、利権拡大のため軍部と手を握る新興財閥・伍代財閥の一族を演じているほか、石《いし》原裕次郎《はらゆうじろう》、三國連太郎《みくにれんたろう》、高橋英樹《たかはしひでき》、二谷英明《にたにひであき》、加藤剛《かとうごう》、山本圭《やまもとけい》、地井武男《ちいたけお》といった超豪華キャストが出演しています。女優陣も、浅丘《あさおか》ルリ子《こ》、吉永小百合《よしながさゆり》、岸田今日子《きしだきょうこ》といった華々しいキャスト。当時の日活は、東映、東宝、松竹に並ぶ大映画会社だったからね。経営不振になって１９７１年に「日活ロマンポルノ」と銘打った成人映画路線に切り替えることになるんだけど、『戦争と人間』製作当時は大映画会社だったから、日活が本腰を入れてつくろうとしている社会派長編映画ということで、役者たちはこぞってこれに出たがった。出れば役者としてのステータスが一気に上がる。それくらい注目された映画だった。

満州事変が１９３１年で、満州国の建国が１９３２年。日中戦争開戦が１９３７年で、ノモンハン事変は１９３９年に起きる。１９３０年代のわずか10年の間に、日本という国がどういうふうにして運命の曲がり角にさしかかり、国の構造がどういうふうに変貌していってしまったのかということが、映画の中で多面的に描かれています。

今回はこの映画から学びますが、ほかにもノモンハン事変を学ぶなら、半藤一利《はんどうかずとし》さんが書いた『ノモンハンの夏』というノンフィクションがある。文春文庫から出ているけど、非常に優れたノンフィクションなので読んでおいて損はない。それからノモンハン事変あたりの日本軍の組織マネージメント研究としては、中公文庫から出ている『失敗の本質』がある。防衛大学校の先生たちが書いた本なんだけど、当時の日本軍の分析を通して「日本的組織の欠陥」をあきらかにしている。日本的組織というのは、客観的なデータを自己都合で曲解したり、原理や論理よりもそのときの空気や感情を優先したり、トップからの指示が曖昧であったりするというようなことが書かれているんだけど、現在にも通じる内容だから、組織の不条理に頭を悩ませているビジネスパーソンたちに多く読まれている名著です。

人体実験は悪魔のしわざか

佐藤　さて皆さんには、映画『戦争と人間』をあらかじめ観てきた上で、その感想を書いてきてもらっていると思う。それを読んでもらおう。まずはWさん。

受講生W　私が強く印象に残った場面は、満州で日本軍が、捕虜に電気を浴びせたり毒ガスを吸わせたりしているところです。人間が同じ人間に対してそれらを強制している場面を映像で目の当たりにしてショックでした。また敵に対してだけでなく味方に対しても、拷問のような取り調べを行ったり、規律に従わせるために痛々しい体罰を行ったりしているのはショックを受けました。特高警察によってとらえられた反戦運動家の標《しめぎ》耕平や陣内《じんない》志郎は、半殺しになるくらいの厳しい取り調べを受けていました。標耕平は召集令状が届くと大陸の戦線へと駆り出されますが、ある村で、戦闘中に逃げ遅れた中国人の年寄りと幼子《おさなご》を、射殺せよと上官に命令されます。標耕平がどうしても撃つことができないでいると、「貴様、なぜ撃たんのだ！」と上官に殴られ蹴られ半殺しにされます。あの時代というのは、「暴力」が今の時代よりずっと身近にあったのかもしれないと思いました。

ノモンハン事変で敗れた将校たちが自決を強要されるシーンがありますが、戦時中は、人間の命すら軽んじられていたように思います。映画のナレーションで「時代の波は人々をいや応なしに戦争の非情な渦の中に巻き込んでいくのである」というセリフがあります。今はよくても、時と場合によってはそのような渦の中に私たちが巻き込まれる可能性もあるかもしれない。戦時下という過酷な状況が人々から奪うものの大きさを感じ、今の自由が、じつはとても恵まれたものであることを再認識しました。

佐藤　戦時中は暴力が身近になるというのはその通りだね。

劇中の人体実験の映像は、満州にあった関東軍防疫給水部、通称「７３１部隊」を扱っている。この731部隊というのは、作家の森村誠一《もりむらせいいち》さんが1981年に『悪魔の飽食』（光文社）という本でその実態について描いたので多くの人に知れ渡るようになった。映画『戦争と人間』はその10年も前に、日本軍が満州で行っていた生体実験のことを扱っている。だから当時としては非常に先駆的な映画だったわけです。それからジャーナリストの青木冨貴子《あおきふきこ》さんが『731』という本を2005年に新潮社から出している。これを読んでみると731部隊の構造がよくわかる。731部隊を指揮したのは石井四郎《いしいしろう》という部隊長なんだけれども、この人は京都帝国大学の医学部を卒業した医学博士で、だから人体実験に関しては、東大ではなく京大が大いに関与していたことなどがわかる。

それから当時の時代の空気だけれども、帝国主義列強が領土拡大や植民地獲得を競い合う時代だから、日本としては列強に侵略される側になるか、そうでなければ侵略する側に回らないといけない。当然、生き残るためには戦争をするしかないという選択になる。ほかに選択肢はない。だから戦争に反対するという者がいたら、ものすごい拷問、弾圧が待ち受けている。他方、戦争に駆り出されれば向こうの住民を殺さざるを得ない。殺さなければ自分の身が危うくなる。ほかに選択肢はない。中間地帯はない。そういう白か黒かを迫られるような時代において、それでも人間としての尊厳を守るために、人はどう行動すべきか。そういうことを考えさせられる映画なんです。

Wさんは、暴力や拷問、人体実験の映像を見て、「私はあんな酷《ひど》いこと絶対にしないし、できない」と思ったかもしれない。「ミルグラム実験」って聞いたことある？

受講生W　わかりません……。

佐藤　アメリカのイェール大学の心理学者スタンレー・ミルグラムが1963年に発表した実験結果なんだけど、その実験では、まず被験者を「生徒」役と「教師」役に分けて、別々の部屋にする。「教師」はインターフォンを通じて「生徒」に簡単な問題を与え、「生徒」が正解すれば次の問題に移る。しかし「生徒」が不正解の場合は、罰として電気ショックを与えるスイッチを押す。最初は軽い電気ショックなんだけど、「生徒」が1問間違えるごとに電圧を15ボルトずつ上げていく。そうやって最終的には450ボルトという高電圧を与える。「生徒」は電圧の強さに応じて、うめき声をあげたり絶叫したり、壁を叩《たた》いて実験を降りると叫んだり、しまいには無反応になったりする。「教師」は、「生徒」の悲鳴を聞いてさすがに実験の続行を拒否しようとするけど、その場に立ち会っている白衣を着た権威ある博士らしき男に「続行してください」「責任は我々が取ります」と言われると迷いが生じる。Wさんがもし「教師」役だったら、絶叫したり、うめいたりしている声が聞こえてきているのに、それでも実験を続けられる？

受講生W　続けられないだろうと思います。

佐藤　そうだよね。実験前の予想では、450ボルトという高電圧に上げるまで実験を続ける者はごく少数だろうと思われていた。ところが「教師」役をした40人中、なんと26人（統計上65％）までが、最大電圧である450ボルトのスイッチを押したんだ。

種明かしすると「生徒」役というのはじつはサクラで、本当は電圧なんて与えられていない。あらかじめ録音された「生徒が苦痛を訴える声」が、「教師」の部屋のインターフォンから流されているだけ。とはいえ「教師」は、自分が押したスイッチによって、「生徒」が本当に苦痛で絶叫していると思っている。それなのに6割以上の「教師」役が、電圧スイッチを最後まで押し続けたんです。

「教師」役をした被験者たちは、新聞広告によって集められたごく普通の平凡な市民だった。つまりごく普通の平凡な市民であっても、一定の条件下においては、冷酷で非人道的な行為を行ってしまうことをこの実験は証明した。

この実験は別名「アイヒマン実験」とも呼ばれている。アウシュヴィッツ強制収容所のユダヤ人大量移送に関わったアドルフ・アイヒマンのようなナチス戦犯は、もともと特殊な人物であったのか、ごく普通の平凡な市民だったけれどもナチス体制においてあのような残虐行為を犯す人物に変貌してしまったのか。実験はその疑問を検証しようとして行われたものだった。そして皮肉にもこの実験は、ナチス戦犯も、もともとはごく普通の平凡な市民だったことを証明することになってしまった。

だから「私はあんな酷いこと絶対にしないし、できない」と思っていても、ある一定の条件下に置かれたならば、今の自分には想像もできないような残酷で非道なことを私たちはなし得るということだ。普段は気づかないだけで、誰もがそのような暴力性を内に秘めている。悪を内在させている。戦時下のように生きるか死ぬかの選択を迫られるような環境下においては、秘められた暴力性や悪が頭をもたげてくるということです。

強者が持ち出す自己責任論

佐藤　ではMさん、『戦争と人間』を観た感想を述べてください。

受講生M　利権拡大のため軍部と手を握る新興財閥「伍代《ごだい》財閥」の当主・伍代由介《ゆうすけ》には、次男に伍代俊介《しゅんすけ》がいます。伍代俊介は、プロレタリア画家で反戦活動家の灰山浩一の絵を見る機会がありました。俊介はまだ中学生なので、父である伍代由介に、その灰山浩一

2304-A

青春新書 INTELLIGENCE こころ涌き立つ「知」の冒険

青春新書インテリジェンス

いちばん効率がいい すごいジム・トレ
この本はポケットに入るあなたのパーソナルトレーナーです
坂詰真二 1100円

「メンズビオレ」を売る 進学校のしかけ
ユニークな取り組みを行う校長が明かす、自分で考え、動ける子どもが育つヒント
青田泰明 1133円

結局、年金は何歳でもらうのが一番トクなのか
年金のプロが、あなたに合った受け取り方をスッキリ示してくれる決定版!!
増田 豊 1089円

日本人が言えそうで言えない 英語表現650
〝日本人の英語の壁〟を知り尽くした著者の目からウロコの英語レッスン
キャサリン・A・クラフト【著】 里中哲彦【編訳】 1078円

教養としてのダンテ「神曲」〈地獄篇〉
700年読み継がれた世界文学の最高傑作に、いま、読むべき時代の波が巡ってきた!
佐藤 優 1485円

世界史で読み解く 名画の秘密
あの名画の神髄に触れる「絵画」×「世界史」の魅惑のストーリー
内藤博文 1485円

人生の頂点(ピーク)は定年後
自分らしい頂点をきわめる一番確実なルートの見つけ方
池口武志 1078円

相続格差
税理士法人レガシィ 天野 隆 067円

俺が戦った 真に強かった男
〝ミスター・プロレス〟が初めて語る外からは見えない強さとは
天龍源一郎 1089円

NFTで趣味をお金に変える
趣味や特技がお金に変わる夢のテクノロジーを徹底解説!
tochi(とち) 1155円

ドイツ人はなぜ、年収アップと環境対策を両立できるのか
ドイツ流に学ぶ、もう一つ上の「豊かさ」を考えるヒント
熊谷 徹 1078円

【最新版】脳の「栄養不足」が老化を早める!
「オーソモレキュラー療法」の第一人者が教える、脳のための食事術
溝口 徹 1166円

人が働くのはお金のためか
誰もが幸せになるための「21世紀の労働」とは
浜 矩子 1210円

弘兼流 好きなことだけやる人生。
弘兼憲史が伝える、人生を思いっきり楽しむための〝小さなヒント〟
弘兼憲史 1089円

「発達障害」と間違われる子どもたち
子どもの「発達障害」を疑う前に知っておいてほしいこと
成田奈緒子 1155円

井深大と盛田昭夫 仕事と人生を切り拓く力
郡山史郎 078円

2304-B

四六判・B6判並製

整えたいのは家と人生 実は夫もね…
マダム市川がたどり着いたハウスキーピングと幸せの極意
市川吉恵 1694円

ベスト・オブ・平成ドラマ!
30年間に映し出された最高で最強のストーリーがここに
小林久乃 1650円

87歳ビジネスマン。いまが一番働き盛り
人生を面白くする仕事の流儀とは
郡山史郎 1540円

司書さんもビックリ! 図書館にまいこんだ こどもの大質問
かわいい難問・奇問に司書さんが本気で調べ、こう答えた!
こどもの大質問編集部【編】 1485円

奇跡を、生きている
病気になってわかった、人生に悔いを残さないための10のヒント
横山小寿々 1650円

1秒で攻略 英語の落とし穴大全
日本人がやりがちな英語の間違いをすべて集めました。
佐藤誠司【著】 小池直己【著】 1859円

プロスポーツトレーナーが教える 背骨を整えれば体は動く!ラクになる!
根本から体が変わる。1分間背骨エクササイズを初公開!
木村雅浩 1595円

いぬからのお願い
たくさんの動物たちと話してきた著者が贈る愛のメッセージ
中川恵美子 1628円

「胸(バスト)」からきれいに変わる 自律神経セラピー
肩こり、腰痛、冷え…女の不調のサインは「胸」に出る!
1650円

必ずできる、もっとできる。
大学駅伝3冠の偉業を成し遂げた、新時代の指導方法とは
大八木弘明 1650円

古代日本の歩き方
古代日本の実像は、いま、ここまで明らかに―。
瀧音能之 1705円

保健室から見える 本音が言えない子どもたち
思春期の生きづらさを受け止める「保健室」シリーズ最新刊!
桑原朱美 1540円

どんどん仕事がはかどる 「棒人間」活用法
絵心が無くても大丈夫! 誰でも描けて、仕事がはかどる魔法のイラスト
河尻光晴 1650円

子どもの一生を決める 「心」の育て方
読むだけでわが子の心が見えてくる!
山下エミリ 1595円

100の世界最新研究でわかった 人に好かれる最強の心理学
科学が実証した、正しい「自分の魅力の高め方」がわかる本
内藤誼人 1705円

しみる・エモい・懐かしい 大人ことば辞典
令和の今だからこそ心に響く、洗練された日本語辞典
ことば探究舎【編】 1595円

表示は税込価格

の絵を一枚買ってあげてくださいと頼みます。灰山は貧乏な絵描きですが、中学生の俊介はその志に打たれてなんとか支援したいと考えたのです。俊介の訴えに対して、伍代由介はこう言います。

「貧しい人はたしかに気の毒だ。しかし貧乏するのにはそれだけの理由がある。初めから金持ちの人間はいない。人生の終わりまで貧乏なのは、その当人に責任の大半があるということだ。貧乏人が多いということは、国が貧乏だということだ。だから日本は豊かになろうと考えている。豊かになるには、それに必要な力を持たなければならない。今、日本の抱えている貧乏の問題を解決するには、その灰山という男の絵のように貧乏を泣くことではない。日本に当然の権利のある満州をどしどし開発してだね、日本から貧乏をなくすように努力することだ」

（山本薩夫監督、日活製作『戦争と人間　第一部「運命の序曲」』）

この言葉が印象的でした。ここに当時の国家主義の本質があるように思えました。

佐藤　とてもいいところに気づいたと思います。たしかにこの伍代由介の言葉に、当時の国家や資本家の論理が集約されているよね。映画に出てくる伍代財閥というのは、三井・三菱など明治以来の旧財閥に対抗して、満州事変あたりから台頭してきた新興財閥の一つ、鮎川《あゆかわ》財閥（日産コンツェルン）がモデルだと言われている。叩き上げの財閥だから、競争に勝って勝って、金持ちになるのに必死なわけだ。

それでこの伍代由介の言葉って、以前に話した新自由主義下での「自己責任論」とまったく同じ理屈だと思わない？　『ねじまき鳥クロニクル』の中に出てくるクミコの父親と同じ思考回路だよね。エリートにならなければ生きている意味などないと。だから一段でも上の梯子に上る努力をせよと。競争に負けるのは本人の努力が足りないせいだと。

だから昔も今も、強者の理屈はずっと同じだということだよね。強い者がさらに勝ちを広げて、そのことで国家を強くする。国が強くなれば、弱者の立場も底上げされるはずだ。すべては力の論理。生まれながらに強い立場にある人間と弱い立場にある人間がいることを無視して、弱者であるのは、強者になる努力をしてこなかった当人に責任の大半があると主張する。

Wさん、それでこの由介の言葉は、「絵を買ってあげてください」という中学生の俊介の訴えに対するちゃんとした回答になっていないよね？　俊介はどうして絵を買ってもらいたかったんだろう？

受講生W　自分の家は金持ちだから、少しでも貧乏な人を助けたかった。

佐藤　そうだね。俊介はその灰山浩一という画家の部屋で、同じく反戦活動家でプロレタリア作家の陣内志郎に会ったでしょう？　その陣内が、中学生の俊介に対して、お前、伍代財閥がどうやって儲けているか知っているのか、労働者を搾取して儲けているんだぞ、と詰め寄ったよね？　伍代家一族として何か責められたような気持ちがした俊介は、せめて絵を買うことで、その搾取した分を少しでも労働者の側に返したいと考えたんじゃないかな。つまり、分配論だよね。

ところが父親の伍代由介は、搾取のことには一切触れずに、自己責任論でごまかす。自分たちのような大資本家によって国家がもっと豊かになれば、貧乏な人々も恩恵を受けるはずだという別の論理にすり替える。だから自己責任論は、競争社会で優位に立つ者にとっては都合がいい理屈なんだ。昨今の新自由主義が、搾取のことを棚に上げて自己責任論を持ち出すのと同じ構図です。

それから資本主義というのは、そもそも一部の人しか成功できないシステムになっている。だから構造的に、全員が伍代財閥のように豊かになれるわけがない。だから由介の言葉は、一種の詭弁《きべん》とも言えるよね。

限定合理性と軍部の暴走

佐藤　次はKさんの感想を話してください。

受講生K　僕が映画を見て気になった点は3点です。1点目が、戦時中に行われていた思想統制。2点目が、企業と軍部の癒着《ゆちゃく》。3点目が、軍部の暴走です。

1点目の思想統制ですが、伍代財閥の次男・伍代俊介やその友人の標耕平、耕平の兄・標《しめぎ》拓郎《たくろう》やプロレタリア画家の灰山浩一など、登場人物が次々に危険人物として牢獄に入れられ、ひどい拷問を受け、多くが出所後は戦地に行かされるはめになりました。戦争などの有事の際には、国家というのは、国単位で動きやすい社会にするために思想統制をするのだということを思い知りました。

2点目の国家と企業の癒着ですが、映画内では度々、伍代財閥の人々と軍部の人々が接触するシーンが描かれていました。軍部にとっては軍需物資を調達するために企業の力は不可欠であり、企業にとっては軍部の動きが生産活動を左右するということで、両者が持ちつ持たれつの関係であることがうかがえました。

3点目は軍部の暴走です。とくに関東軍では合理性よりも精神論が重視されていて、劣勢であることが客観的に認められず、精神力で不利な兵力差を補おうとしていました。

以上のことから、当時の日本は、弾圧によって思想が統制され、軍と企業が一体となって戦時下を進み、結局は軍部が合理性を欠いた精神主義的な組織に成り下がってしまったので、ノモンハンの惨敗や、無謀な太平洋戦争への突入というような事態につながったのかなと思いました。

佐藤　よくまとまっていると思います。ただ、軍部が合理性を欠いた精神主義的な組織に成り下がってしまったので負けたというところなんだけど、じつはそんなに事は単純じゃないんだ。

つまり問題とすべきは、当時の軍部がなぜ精神主義的にならざるを得なかったのか、という点なんだよ。これには「意思決定論」というものが関わってくるわけです。

意思決定というのはおおまかに言うと、ある目標を達成するために、複数の選択肢から最善のものを導き出そうとする行為を指します。

当初は軍の内部にも複数の選択肢があった。米英のような資源・植民地を「持てる国」とは戦うべきではない。日本は「持たざる国」と戦うべき。日本は「持てる国」になれるように成長拡大を急がなければならない。だから日本のような「持たざる国」が、米英のような「持てる国」に勝つことは不可能なことは軍部だってわかっていた。しかしある時、軍内部の非常に曖昧な意思決定プロセスのところで、「持てる国と戦う」という選択肢が選ばれることになってしまった。

軍内部で「持てる国と戦う」という選択肢が選ばれた以上、戦うしかない。「持てる国」に物量では勝てないのだとしたら総力戦をやったって仕方ない。だから短期戦で敵の戦意を喪失させるしかない。そしたらどうするか。玉砕戦ですよ。特攻作戦のような捨て身の攻撃をしてきたら相手はビビるでしょう？　玉砕覚悟の短期戦で一気に敵を殲滅《せんめつ》すべしと。そこで精神論が出てくるわけです。このへんのことは、慶應義塾大学教授の片山杜秀《かたやまもりひで》さんが『未完のファシズム』（新潮選書）という本で、非常によく調べて書いている。

それから「限定合理性」という言葉がある。大局的に見たら非合理的な選択になるんだけど、ある局面においては、それがちゃんと合理性を持った選択となっていることを言う。マクロに見れば非合理的な選択なのに、ミクロレベルでそれを選択してしまうのは、人間の認識能力には限界があるからなんだ。もともとは行動経済学の用語なんだけど、「合成の誤謬《ごびゅう》」とも言う。

Mさんは、ガダルカナル戦は知ってる？

受講生M　アメリカ軍と日本軍が陸海空の大消耗戦をやって、戦死者・餓死者を多数出した悲惨な戦いだったということは知っています。

佐藤　そのガダルカナル戦で日本軍は、米軍の近代兵器を前にしながら、無謀な白兵突撃《はくへい》を3度も繰り返した。白兵突撃というのは銃を撃つことなく銃剣を抱えて敵陣営に突入する戦法なんだけど、あっさりと米軍の集中砲火を浴びて無残な結果に終わる。それでも日本軍は白兵突撃を繰り返した。なぜだと思う？

受講生M　限定合理性があった？

佐藤　そう。白兵突撃戦術は明治以来の長い伝統を持つ戦法で、日露戦争の勝利以降も、日本軍は長年この白兵突撃部隊に多くの人員を投入してきた。だから白兵突撃をやめるとなると、これまで投資したコスト（費用）が回収できなくなる。それから白兵突撃部隊の利害関係者を説得するのにもコストがかかる。「取引コスト」というんだけど、このコストとベネフィット（便益）を天秤《てんびん》にかけた上で、白兵突撃を続けるほうが合理であるという判断になったわけだ。大局的には非合理でも、ある局面においては合理的な判断であるというのはこういうことです。このことは、慶應義塾大学教授の菊澤研宗《きくざわけんしゅう》さんが、『組織の不条理』（中公文庫）という本で詳しく書いている。
だから当時の日本軍は、大局的には不条理であっても、局面においては合理的な判断をしていたという見方もあるんです。

エリート参謀・辻政信

佐藤　それじゃ、次、Mさんの感想を聞かせてください。

受講生M　はい。私は映画『戦争と人間』第3部の終わりに出てくるノモンハンの戦闘シーンがいちばん衝撃的でした。ソ連軍と関東軍の軍事力の圧倒的な差に驚きました。それまでの関東軍の戦闘は、張作霖《ちょうさくりん》爆殺事件のように線路に爆薬を仕掛けたり、小さな村を外から包囲して銃弾を浴びせたりと、優位な立場からの攻撃でした。ところがノモンハンの戦闘は、隠れる場所も攻撃を遮《さえぎ》る場所もほとんどない大草原で、ソ連軍の巨大な戦車によって蹂躙《じゅうりん》され、その後、歩兵によって掃討されるという一方的な負け戦でした。伍代財閥の次男の伍代俊介が、激闘の末に命からがら撤退するも、満蒙《まんもう》の広い荒野では水が飲めなくて喉の渇きに苦しむ様子を見て、『ねじまき鳥クロニクル』の中に出てくる、かつてノモンハンで従軍していた本田さんの話の場面を想起しました。

それからノモンハンの戦闘が終わった後、前線の指揮官たちが責任を取って自決させられるシーンがありました。あれだけの激闘を戦ったのに、切腹や拳銃自殺によって自決させられるとは、戦争のむごさを感じました。もし日本軍がこのノモンハン事変の敗北から学んで、もっと冷静に敵方との軍事力差を見極めていれば、無謀な太平洋戦争に突入することもなかったのではないかと考えました。

佐藤 ノモンハン事変の際に、軍中央部の統制を無視して、関東軍の対ソ強硬論をリードしたのが、辻政信《つじまさのぶ》です。映画においては、非常に傲岸不遜《ごうがんふそん》で乱暴な人物として出てくる。ノモンハンで戦った前線の指揮官に自決を迫ったのも、その辻だ。

大敗の責任を部下に押しつけ自決を強いておいて、辻はその後も生き残る。ノモンハンの時は少佐だったけど、その後、中佐となってマレー上陸作戦を敢行したりガダルカナル作戦を指導したり、大佐となってインパール作戦の事後処理にあたったりした。軍事作戦指導において「作戦の神様」と呼ばれたりもする。対ソ戦という関東軍の横暴にいちばん関与した人物であるにもかかわらず、軍人としてのエリート街道を突き進んだ。

映画の中で辻政信が登場する印象的なシーンがある。経済誌の編集長・田島と、伍代俊介が、アメリカやソ連といった大国の資源量や生産量を調査して、軍部にその数字を示した。伍代俊介が「日米の生産量の算術的平均値は、74：1である」と述べて、これだけ圧倒的な国力差があるのだから戦争拡大をやめるべきと訴える。するとその訴えをじっと聞いていた辻政信がおもむろに立ち上がって、「あんたの言う通りだ。統計資料は数値で表現した事実だ。しかしだ、日清・日露の戦役以来、寡兵よく大敵を倒してきた皇軍の伝統というのもまた事実だ」と言い返す。

こういうことを言うような強硬な精神論者だったんだね。負けたら切腹しろと。どんな強敵も皇軍の伝統にはかなわないと。辻は「戦争は最後に敗《ま》けたと感じた者が敗けたのである」という言葉も残している。

辻というのは陸軍士官学校を首席卒業して、陸軍大学校も優秀な成績で出た超エリートなんだけれども、前線のいちばん危ないところに行って兵隊と寝食をともにして、命も惜しまずに現場で指揮をとって苦労を共にしてくれるということで、一般の兵隊たちからはものすごく評判がよかったらしい。あんなに面倒見のいい上官はいなかったと。強硬な精神論者でありながらこういう評判もある。だからなんだか正体のつかめない、ちょっと不気味な人物だよね。

それで、この辻政信だけど、戦後はどうなったか知ってる？

受講生M　戦犯として裁かれたりしなかったのでしょうか？

佐藤　ノモンハンで対ソ戦を強行し、マレー、シンガポール、フィリピンといった南方攻略作戦を主導し、ガダルカナル島の戦いで大量の兵士を死なせた参謀にもかかわらず、戦犯訴追からはうまく逃れたんだ。敗戦当時、辻はタイのバンコクにいたんだけど、イギリスから戦犯容疑で追及されることを恐れて、僧侶に変装してタイ国内に潜伏した。その後、中国に逃げて国民党政権に匿《かくま》われた。中国で国共内戦が始まって国民党が不利になり始めると危機を感じ、1948年に日本に密かに帰国した。日本ではかつての戦友や右翼団体に匿われたり、偽名で炭鉱労働者になったりして、戦犯訴追されるのを避けながら潜伏していた。と、このように言われているけど、潜伏時の真相はよくわからない。1950年、戦犯指定を解除された辻は、潜伏期間中の体験談『潜行三千里』を毎日新聞社から刊行し、これが大ベストセラーになる。ほかにもいくつか作品を書いて、作家として再び世に出た。1952年には衆議院議員に初当選。3期務めた後、1959年には参議院議員選挙に全国区で立候補し3位で当選する。

と、こういう経歴の人物なんだけど、どう思う？

受講生M　なんだか要領がいいというか。悪人ほどしぶとく生き残るという典型的な例じゃないかと……。

佐藤　要領がいいよね。ちなみにこの人の最期は誰も知らない。というのも、1961年の東南アジア旅行中にラオスで行方不明になり、その後の足取りがつかめなくなった。それで家族の失踪宣告請求によって、東京家庭裁判所から1968年7月20付けで死亡宣告が出された。失踪後は中国共産党の手先になったとかフランス軍将校によって処刑されたとかいろんな噂が飛び交ったけど、真相は藪《やぶ》の中。

いずれにしても、人間的な魅力とともに、エリートの持つ非情さや無責任さ、狡猾《こうかつ》さというものが表れた人物だったんだと思う。人間の根源悪というものを考える上で、注目すべき存在です。

犯した悪を見つめる強さ

佐藤　それではKさん、感想を聞かせてください。

受講生K　映画第2部の後半で、満州の朝鮮人による抗日遊撃隊（日本軍に抵抗するためのゲリラ）の中で仲たがいが生じて、朝鮮人青年の徐在林《じょざいりん》という人物と何人かが隊を離脱し、山を下りたところで関東軍と銃撃戦になります。そこで恋人の女性隊員・全明福が撃たれてしまい、徐在林が泣きながらその遺体を雪原に埋めるシーンが印象的でした。
徐在林のような満州の朝鮮人たちは、日本人に迫害され、中国人からも虐げられている。こうした環境に置かれる中で、独立国家というよりどころを切望したという点は、ナチスに虐殺され、また歴史上さまざまな迫害に遭ってきたユダヤ人と心境が似ているのではないかと感じました。さらに朝鮮の人々のこうした歴史的な遺恨《いこん》が、慰安婦問題などの反日運動につながっているのではないかと感じました。

佐藤　この徐在林の役を演じたのは地井武男さんだよね。満州でも朝鮮でも虐げられ、憤りを感じながら生きる朝鮮人の心情を表現するのがとても上手だった。
それでその徐在林が、撃たれて怪我《けが》をして日本人の医者に治療してもらうシーンがあるでしょう？　でも徐は「礼は言わないぞ」と言って帰るね。どうして？

受講生K　日本人が朝鮮の人に対して酷いことをたくさんしてきているので、それくらいのことはしてもらって当たり前と考えたから？

佐藤　そうだね。徐在林の恨みは1919年の三・一独立運動にさかのぼる。1910年に日本は朝鮮併合したけれど、1919年3月1日、日本の植民地支配に反対する人々が集結し独立宣言を行います。これが三・一独立運動の始まり。この独立運動に対して日本側は憲兵や軍隊が出動し、一斉に鎮圧に乗り出した。これにより死者、負傷者、逮捕者が大勢出た。彼にはこのときの恨みがある。

ただ当時の朝鮮人たちは、同時にロシアや中国の圧力にも抵抗していたから、なかには反ロシア、反中国ということで、親日になる人もいた。実際、満州事変が起きると、満州にいた朝鮮人は、大日本帝国の臣民《しんみん》（国民）と見なされるようになった。だから中国と日本の狭間《はざま》に立たされていた当時の朝鮮人たちのアイデンティティというのは、非常に不安定なものだった。よって民族自決の意識が高い人たちの中から、映画に出てきた抗日遊撃隊のような武装集団が出てくるわけです。

植民地支配というのは、支配者側は忘れたとしても、やられたほうはずっと忘れない。迫害された人、虐げられた人は、ずっと恨みを持っている。だから自分とは直接関係がない世代が行ったことであっても、日本人として責任を負っていくというのはとても大切なことなんです。過去に我々は何をしてしまったのか。これをきちんと見つめることは日本人としての責任です。事実は事実としてしっかり見すえていかないといけない。

だから『戦争と人間』という映画の中で、朝鮮人による抗日遊撃隊の問題を取り上げているのは、事実は事実としてしっかり見すえる強さがあると思う。それから７３１部隊の人体実験の映像を取り上げているのも、事実を見すえる強さがあると思う。満州で軍部が犯した数々の過ちや愚行を映し出しているのだって、強さだと思う。自分たちが犯してしまった悪を直視できるということは、強さなんです。自分の罪を認められるということは、弱さじゃなくて強さなんです。

どんな国だって忌《い》まわしい過去や恥ずかしい過去がある。語るのも憚《はばか》られるような悪を犯した過去もある。そんなもの、できれば直視したくない。にもかかわらず、我々の国は過去にこれだけの過ちを犯したんだということを『戦争と人間』という作品はあきらかにした。これは日本人の強さなんです。

ところが最近の日本はどうだろう。だんだん余裕がなくなってきて、自分の国の弱いところとか、まずいところには蓋をするようになってきていないだろうか。過去の歴史を美談で覆っていくような風潮になってきていないだろうか。私はどうも、過去を美化するような映画だとか小説が増えてきているような気がしてならない。これはつまり、国全体が弱ってきて、犯してきた罪を直視する強さがなくなってきているということだよね。

犯した罪を見つめる強さ、みずからの悪を見つめる強さを、取り戻してもらいたいと思います。

よくわかるまでは信じるな

佐藤　ちょっと余談だけど、昔は大晦日《おおみそか》に、9時間以上あるこの映画を一挙上映するということがあったんだ。紅白歌合戦が終わった後に民放でやるんだ。それで父親と一緒に観ていた。映画の最後のほうで、伍代財閥の次男・伍代俊介が、ノモンハンの激闘の末に所属部隊が全滅してしまって命からがら撤退してくる場面があるでしょう？　撤退する途中で、かつての知人・灰山浩一が重傷を負って息も絶え絶えになって倒れているのを偶然見つけて、彼を背負いながら満蒙の広い荒野をひたすら歩き続ける。水を一滴も飲めないまま、灰山を背負って、消耗しながらなんとか踏ん張って歩を進める。

するとある日、サイドカーのついたバイクが、向こうのほうからやってくる。バイクが伍代俊介の前に止まる。サイドカーから少佐が降りてきて、「おい。そこの兵隊。どこから来た？」と尋ねる。俊介は「自分の所属部隊は全滅いたしました」と言う。すると少佐は「何？　全滅した？　貴様が生きとるじゃないか、貴様が！　貴様らの部隊は、陣地を放棄して無断撤退したな？　最後の一兵《いっぺい》まで踏みとどまって、なぜ陣地を死守せんのだ！」と激昂《げっこう》する。

憔悴《しょうすい》しながらも怒りがこみ上げてきた伍代俊介は、三八式《さんはちしき》歩兵銃を少佐に向けてこう言う。「少佐殿！　お聞きしますが少佐殿。自分の中隊は今どこにいますか？　自分の大隊はどこにいますか？　自分の連隊は今どこにいますか？　自分の所属していた全滅した部隊は、今どこにいるのか教えていただけますか!!」

銃口を向けてすごい剣幕の俊介に、その少佐はビビリ上がって、すごすごとバイクのサイドカーに戻って乗り込む。少佐に「行け」と言われて発進しようとするときに、バイク運転手の上等兵ぐらいの若い兵隊が、さっと俊介のほうを振り返って、自分の持っている水筒をぽんと投げてよこして敬礼をする。バイクが去っていくと、喉が渇いていた俊介はむさぼるようにしてその水筒の水を飲む。私の父親なんかは、やっぱりこのシーンがいちばん泣かせるよなと言っていた。私の父親も戦争に行ってたからね。こういうところは非常によくできているよね。

それからこの映画の優れているところは、反戦運動や抵抗運動というものの限界と問題点をあきらかにしているところだね。たとえば映画の中で、プロレタリア画家の灰山とかプロレタリア作家の陣内といった人物が必死に反戦運動をしているんだけど、おでん屋で酒を飲んで酔っ払いながら「満州を取れ！」と叫んでいる男のシーンが出てくる。結局のところ多くの国民は、不景気で苦しい状況の中で、どうしても軍国主義の方向に流されていってしまう。そういう大きな流れを食い止めることは、草の根的な反戦運動や抵抗運動ではどうしようもできない。左翼的な視点で描かれている映画ではあるんだけど、その左翼活動というものの限界を批判的にとらえる視点も持っているというところが、私は優れた作品だと思う。

どんなに反戦運動家が啓蒙しても、戦時下になると、民衆の心は理性や理屈だけじゃ動かせない。当時はほとんどの国民が、自分は天皇の臣民であり、国家と国民は運命共同体だと信じていた。ナショナリズムの機運が高まるから、国益を阻む米英などには激しい憎悪の感情が湧き、戦争で決着をつけろという開戦論者が圧倒的になる。一種の集団的興奮状態だよね。国民の「悪」の部分が暴走するわけだ。

それから正義を標榜する反戦運動家の間でさえ、裏切り行為やスパイ行為がある。運動家仲間に密告されたりして特高警察に捕まる。反戦運動家の標《しめ》拓郎が、特高警察から釈放されて家に帰ってきて、弟の耕平に対して語った言葉がとても印象的だ。

「耕平。信じるなよ。男でも、女でも、思想でも。本当によくわかるまで。わかりが

遅いってことは、恥じゃない。後悔しないためのたった一つの方法だ。威勢のいいことを言うやつがいたら、そいつが何をするか、よく見るんだ。お前の上に立つやつがいたら、そいつがどんな飯の食い方をするか、ほかの人にはどんなものの言い方をするか、言葉や、することに裏表がありやしないか、よく見分けるんだ。人がなんと言おうが、自分の納得できないことは、絶対にするな」

（『戦争と人間　第一部「運命の序曲」』）

反戦活動をしながらさまざまな経験をしてきた兄の拓郎は、人間の持っている悪というものにたくさん直面してきた。普段は善人ヅラしていても、いざというときに豹変するやつがいる。国体のためだと言って、平気で暴力を働くやつもいる。だから弟の耕平に、一見はわからなくとも騙されないように、そいつの悪をじっくりと見抜く力を持て、と伝えたかったんだと思う。

そして自分すら、いざとなればその悪に染まってしまう可能性がある。だから気づかないうちに非道な人間になってしまわないように気をつけろと。そういう意味も込められているのかもしれないよね。

第4章

能力主義がつくる悪

学歴エリート・綿谷ノボル

佐藤　ノモンハン事変について考えていく過程で、陸軍士官学校を首席卒業したエリート参謀、辻政信についての話をしました。

辻は、軍中央部の統制を無視してノモンハンの戦闘を強行したり、敗戦の責任を部下に押しつけ自決を強いたりしたにもかかわらず、戦後も生き延びて、ベストセラー作家として脚光を浴びたり、衆議院・参議院議員として政治の舞台に登場したりする。辻は、人間的な魅力とともに、エリートの持つ非情さや無責任さ、狡猾さというものが表れた人物だったと思うと言ったよね。

それで『ねじまき鳥クロニクル』においても、エリートが登場する。主人公・岡田亨《とおる》が忌み嫌う、綿谷《わたや》ノボルだ。綿谷ノボルは東大卒の超エリートで、亨の妻であるクミコの兄なんだけれども、常に人を上から見下している傲慢で不快な人物として登場する。

綿谷ノボルとクミコは、エリートの家庭に生まれ育った。父親は東大卒の運輸省キャリア官僚。「エリートにならなければ、この国で生きている意味などほとんど何もない」というような思考回路の持ち主だということはこれまでも何度か触れてきました。弱肉強食の社会で、人は一段でも上の梯子に上らねばならない。そういう家庭で、綿谷ノボルは子どものころからエリートになるべく厳しく育てられてきた。

両親は綿谷ノボルが誰かの背後に甘んじることを決して許さなかった。クラスやら学校といった狭い場所で一番を取れないような人間が、どうしてもっと広い世界で一番を取れるのだ、と父親は言った。両親はいつも最高の家庭教師をつけ、息子の尻《しり》を叩《たた》きつづけた。

（『ねじまき鳥クロニクル　第１部　泥棒かささぎ編』、新潮文庫　P１３７）

両親の望み通り、綿谷ノボルは東大の経済学部に進み、優等に近い成績で卒業する。イエールの大学院に留学した後に東大の大学院に戻り、学者として研究を続けて、34歳のときに経済学の本を出版する。これがきっかけで世間に名を知られるようになって、雑誌に評論のようなものを書いたり、テレビに出て経済や政治問題のコメンテーター役をしたり、討論番組のレギュラー出演者になったりする。ちょっとした有名人になるわけだ。

綿谷ノボルのような人物を登場させていることは、『ねじまき鳥クロニクル』のテーマの一つに、「エリート意識」に対する批判があるように思う。もっと言えば、能力至上主義の人間の持つ傲慢さや悪に対する批判だね。
でも、そもそも、こうした能力至上主義の人間っていうのはどうして生まれてくるんだろう？　ちょっと考えてみよう。Kさん、メリトクラシー（meritocracy）って言葉があるけど、どういう意味になる？
受講生K　能力によって地位が決まり、能力の高い者が統治する社会。
佐藤　そうだね。メリトクラシーというのは、イギリスの社会学者マイケル・ヤングが、1958年に出した『The Rise of the Meritocracy』という本の中で使った造語なんだけど、能力とか業績とか、個人の「メリット」が地位や報酬を決定づけるような社会のことだよね。我々は生まれたときからこういう社会に生きてきたから、能力や業績が、その人の地位や報酬を決めると言われても、そんなの当たり前だと思うかもしれない。
でもさ、近代より前の封建社会では違ったでしょう？　メリトクラシーではなくてどういう社会だった？　何によって職業や地位が決まった？
受講生K　身分とか血筋によって決まった？
佐藤　そうです。個人の能力ではなく、身分や家柄なんかでどんな職業に就くかが決まっていたし、それによってどれくらい稼げるか、どんな生活水準になるかも決まっていた。身分が固まっていたので、その身分を超えて上にのし上がろうという人もほとんどいない。日本であれば士農工商で分かれていたけど、分相応という言葉があるように、たとえば商人が武士の身分にのし上がってやろうなんてことはほとんど考えなかった。

ところが明治維新によってそれまでの身分階級社会がなくなって、誰もが能力さえあれば出世できる時代になった。そこで福沢諭吉の『学問のすゝめ』（初編1872年刊）とか、サミュエル・スマイルズの『自助論』（邦訳『西国立志編』1871年刊）という本が出て、学問をやって、学知を身に着けて、努力さえすれば、誰でも出世して地位が得られると喧《けん》伝《でん》される。勉強をがんばって能力を発揮できれば、誰だって上に行けるんだと。民衆にそういう考えが広がるわけです。

それでみんなが一斉にのし上がろうとし始める。「メリット（能力や業績）」をお互いに競い合う。それが厳しい競争社会の始まりだったんだ。

メリトクラシーによる弊害

佐藤　明治時代、人々が能力や業績をお互いに競い合うことを欲したのは、じつは国家なんです。強い国家をつくるためには、幅広く有能な人材を確保する必要がある。優秀な官吏《かんり》、エリートが必要だったし、自国の産業を強くするためにも優秀な人材が必要となる。そこで国家は、学校教育のシステムを整えます。教育システムの中で成績を互いに競い合わせることによって、国民一人ひとりの能力を高めていく。それがメリトクラシーという社会へとつながっていくわけです。

メリトクラシーは、前近代的な封建社会を壊す上においては大きな意味があった。ところが現代では、これが原因となって社会がズタズタになってしまい、アメリカなんかはもう壊れかけてきている。どうしてだと思う？

受講生K　能力による新しい階級社会が生まれてきた？

佐藤　そういうことだよね。たとえば皆さんも通り抜けてきたからわかると思うけど、大学受験のときは、偏差値によって受験できる大学がほぼ決まってくるでしょう？　そうなると成績優秀な人はまだしも、偏差値の低い人はどう感じる？　自信をなくすよね？　それから将来に対しても「自分はしょせんこの程度だな」と見切りをつけてしまう。だから偏差値70以上の人と偏差値40くらいの人たちでは、将来像の描き方も、未来への希望の持ち方も変わってくる。これって、一種の身分階級のようなものだと思わない？　それから親が成績優秀な場合、その子どももやはり成績優秀なことが多いでしょう？　それで世代を重ねるごとに両者はどんどん差がついていく。メリットによる身分格差が広がって、今、社会にさまざまな問題が起きている。

こうした問題をいろんな角度から分析した名著に、ハーバード大学のマイケル・サンデル教授が書いた『実力も運のうち　能力主義は正義か？』（日本語版は鬼澤忍 訳、早川書房）があります。原著は『The Tyranny of Merit』というんだけど、能力の圧政というくらいの意味だね。能力主義が社会を独裁していると。ちょっと読んでみるよ。

第一に、不平等が蔓延し、社会的流動性が停滞する状況の下で、われわれは自分の運命に責任を負っており、自分の手にするものに値する存在だというメッセージを繰り返すことは、連帯をむしばみ、グローバリゼーションに取り残された人びとの自信を失わせる。第二に、大卒の学位は立派な仕事やまともな暮らしへの主要ルートだと強調することは、学歴偏重の偏見を生み出す。それは労働の尊厳を傷つけ、大学へ行かなかった人びとをおとしめる。第三に、社会的・政治的問題を最もうまく解決するのは、高度な教育を受けた価値中立的な専門家だと主張することは、テクノクラート

的なうぬぼれである。それは民主主義を腐敗させ、一般市民の力を奪うことになる。

（マイケル・サンデル著『実力も運のうち　能力主義は正義か？』、早川書房　P109－110）

佐藤　第一にサンデル教授が指摘する問題点は、メリット（能力や業績）による身分階級のようなものが形成されてきていて、その格差が広がっているにもかかわらず、つまりはみんなが平等な条件でスタートできる社会だとはいえないにもかかわらず、「われわれは自分の運命に責任を負っている」と言われ続けることの弊害です。以前にも話した「自己責任論」だよね。社会に構造的な不平等が存在するにもかかわらず、「すべては自分の責任だ」「努力が足りないからだ」と言われることで、メリトクラシーの上位にいない人たちは自信を失う。それから、すべては自己責任だという考え方によって人々は個人主義的になり、お互い様だとか助け合いとかの精神がなくなっていく。それによって社会から連携が失われていくということです。

第二の問題点は、いわゆる学歴差別だよね。建前は別として、企業の採用活動においては、一定の学歴を満たさない人は書類選考で落とされるでしょう？　高度な教育を受けた人しか就けない職業と、学歴がなくとも就ける単純労働や肉体労働というのがあって、世間からなんとなくランクづけして見られているというのが現実でしょう？　労働の尊厳を傷つけられるというのはそういうことだよね。

第三の問題点は、エリートのおごりによる弊害です。官僚などのエリートは、自分は選ばれた者であり、社会を動かす中心であり、能力も優れているのであるから、民衆は黙ってそれに従うべきであるという傲慢な態度になりがちということだね。私がいた外務省もそうだけど、中央官庁の官僚にはそういう人物が多かった。表向きは「国民のために」なんて言うけど、自分の出世のことで頭がいっぱい。社会の底辺にいて苦しんでいる国民に手を差し伸べるのが官僚の役割のはずだけど、自分が競争を勝ち抜いてきた自負が強いから、底辺にいる国民を「努力もしないダメ人間」としか見ていない人もいた。まさにエリートのおごりだ。もっとも、各省のトップになるような官僚には、おごったところのない優れた人物も少なからずいる。ろくでもないのは中途半端なエリートだ。

官僚が国民のほうを向かずに上にしっぽを振ってばかりいたら、民主主義は腐敗していくよね？　一般市民の声は聞き入れられず、だんだんと力を奪われていく。サンデル教授はこれもメリトクラシーによる弊害だと言っています。

社会はアノミー化していく

佐藤　メリトクラシーの大前提として「機会は平等に与えられている」ということがある。明治維新によってそれまでの身分階級社会がなくなって、努力さえすれば誰でも出世して地位が得られる社会になったと話したよね？　スタートラインはみな平等。だからあとは努力次第でいくらでも上を目指せますよ。そういう社会が到来しましたよと。

でも現実的に考えてみよう。そもそも教育機会って平等かな？　機会の平等が成り立っていると言える？

受講生K　お金持ちの家は子どもに塾や家庭教師などレベルの高い教育を受けさせることが可能ですが、貧困家庭に育った子どもは同じようにはいきません。

佐藤　そう。以前に新自由主義下の自己責任論のところでも話したけれど、親がお金持ちの家庭と、経済的に恵まれない家庭では、子どもに与えられる教育の質がまったく変わってくる。典型的なのは医学部だ。国立大だと6年間で350万〜400万円くらいの学費になるんだけど、私立大医学部になるとぐんと跳ね上がって、安いところで2000万円程度、高いところだと5000万円近くにもなる。これに毎月の生活費や家賃の仕送りも必要になってくる。それから合格させるためには塾や予備校の費用もかかる。一般の家庭でこれだけのお金を用意するのは難しい。だからお金持ちの家しか、子どもを医学部に行かせられない。

そうなるとこれはもう、機会が平等に与えられているとは言えないよね。サンデル教授が「不平等が蔓延し」と書いているけど、現代社会では、所得格差による不平等が蔓延している。どんなに能力があったとしても、所得の低い家に生まれた人は、金銭的事情によって望む進路を選べなくなるわけだから。

そんなふうに現代においては、メリトクラシーの大前提であるはずの「機会の平等」がもはや崩壊しつつあるにもかかわらず、自己責任論だけは依然として残っている。構造的に、努力だけでは上にはなかなか行けない社会になってきているのに、人々は依然として、自分の努力が足りないからこんな境遇なのだという「自責」をなかなかやめられない。人々は自分が今いる社会の構造的欠陥には目を向けず、ひたすら自分の能力を磨き、業績を上げようと努力する。そしてうまくいかなければ自分を責める。Ｍさん、こういう人たちばかりの社会ってどう？

受講生Ｍ　みんなが自分のことしか考えていない社会というか……。

佐藤　バラバラな個、アノミー（混沌状態）な社会になっているよね。頼れるのは最後は自分しかいないとみな信じているわけだから。封建的な社会のときには、身分や家柄、地域コミュニティなど、横のつながりがあった。しがらみはあったかもしれないけれど、孤独ではなかった。それが能力主義社会になると、孤独の問題が生まれてくる。メリトクラシーは新自由主義と親和性が高い。だから時代が進むにつれてどんどんアノミーの度合いは増していく。人々はより一層バラバラになり孤独になる。サンデル教授は、連帯がむしばまれると書いていたよね。

Mさん、『ねじまき鳥クロニクル』に出てくる登場人物も、どこかそういう疎外感を持った人物が多いと思わない？

受講生M　主人公・岡田亨は、他人や社会にあまり関心がなくて自分の世界に閉じこもっている人物のように感じます。それから妻のクミコ、笠原メイ、加納マルタも疎外されている感じ、アノミーな感じがします。

佐藤　ちょっと異質なのが本田さんかな。ノモンハンで従軍して生き延びて返ってきた本田さんには孤独の匂いはあまりしない。どこか昔ながらの人間のぬくもりを持った老人だよね。でもほとんどの登場人物は、何か乾いたものを感じる。

現代人は大なり小なりこうした疎外感や孤独を抱えながら生きている。そしてそれは、メリトクラシーの社会構造と密接に関係しているということです。

努力を神に否定されたヨブ

佐藤　皆さんには、サンデル教授の『実力も運のうち　能力主義は正義か?』を読んだ上で、『ねじまき鳥クロニクル』におけるメリトクラシーについての考えをまとめてくるという課題を出しておいたね。それを読んでもらおう。まずはKさん、読んでみて。

受講生K　はい。私がサンデル教授の著書を読んで印象に残ったのは、メリトクラシーにおける勝者は、その勝利による報酬を、自分の能力と努力によってのみ得られたという考えに陥りがちだということです。成功のためには自分の能力と努力はもちろん大切ですが、周囲の協力や運なども必要です。ところがメリトクラシーが蔓延した社会では、すべては自分の力によるものだと錯覚しやすい。それがエリートのうぬぼれとなって、敗者への侮《ぶ》蔑《べっ》につながるということです。

その観点から見ると、『ねじまき鳥クロニクル』に出てくる綿谷ノボルやその父親はまさにその典型だと考えます。通常、努力することや能力を高めることは称賛に値することとされますが、それが同時に、敗者への侮蔑や差別につながるとしたら、私たちはこの考え方をもっと注意深く反省しなければならないと感じました。

佐藤　そうだね。能力至上主義者は、周囲の協力とか運の要素を無視して、俺ひとりでやったんだと傲慢になりがちだということだよね。

ビジネス書で、もともとは貧しかったのに一生懸命努力して、経営者として大成功した人の本がベストセラーになったりするでしょう？　たしかに努力したことは事実かもしれない。でも同じように努力した人が複数人いたとして、誰が最終的に勝者になるかは、運の要素がかなり強くなる。時代の潮流やタイミングが大きく関わってくるからね。

それからたとえば企業でも、部長や本部長になるまではたしかに本人の努力や能力というのが大きいと思うけど、それ以上の出世となると、運とか、めぐり合わせの要素が強くなってきます。自分が本部長になったときに、たまたま部署のスタッフの不正が発覚して大問題になり会社に責任追及されることになったら、出世の芽は摘《つ》まれることになる。自分を引き立ててくれた経営幹部が、社内派閥の政治に負けて突然左遷されることになれば、自分も出世の可能性が低くなる。官僚の世界でも、とてつもなく優秀で仕事ができて、真面目に努力するし、順当に出世すれば間違いなく事務次官になれるような人なのに、途中で誰かに出し抜かれて、結局小さくまとまってしまうということはよくある。

だから成功するには努力は必要だけど、努力をしたからといって成功するとは限らない。そこには、運とかさまざまな要素がからんでくる。それを見極めることが大切だよね。

それでこのKさんの感想に関して、Wさんは何かコメントある?

受講生W　『実力も運のうち　能力主義は正義か?』の中に、旧約聖書の『ヨブ記』に関しての記述がありました。ヨブが能力主義的な考え方を持つのに対して、神が、お前はおこがましい、もっと謙虚であれと厳しく叱ったというサンデル教授の指摘がありました。自分の能力ばかりでなく、周囲の協力や運なども大切であるというKさんの考えから、このことを思い出しました。

佐藤　『ヨブ記』は、誰よりも信心深くて高潔な人物・ヨブのお話だ。神の教えを誰にもまして固く守り続けてきたにもかかわらず、突然、嵐の災害によって愛する息子や娘を失ったり、家畜や財産がすべて奪われたり、しまいには筆舌に尽くしがたい痒《かゆ》みの皮膚病に見舞われたりする。神の教えを固く守り続けてきたというのにどうしてこんな苦難が降りかかるのか。ヨブは考えるが理由がわからない。皮膚病に苦しむヨブを友人たちが見舞いに来る。そして友人たちは、あなたは悪を犯したのではないか、それでなければ神がこのような仕打ちをするはずがないとヨブに詰め寄る。しかしヨブは、自分は何も悪いことはしていない、絶対に潔白だと言う。それなのになぜ、神はこのような苦難を私に与えるのですか？　神に向かってヨブはこのように叫ぶ。

するとと神がヨブの問いに答えるんだね。神の答えを、『実力も運のうち　能力主義は正義か？』の中から引用するよ。

とうとう神はヨブに語りかけると、犠牲者を非難する残酷な論理をはねつける。ヨブと仲間たちが共有している能力主義的想定を否定するのだ。この世で起こるあらゆることが人間の行為に対する報いや罰であるわけではないと、神はつむじ風の中から語る。すべての雨が高潔な人びとの作物に水をやるために降るわけではないし、あらゆる旱魃が悪人を罰するために起こるわけではない。（中略）

神はヨブの高潔さを確かなものと認めつつも、神の支配の道徳的論理を理解しようなどとおこがましいとして厳しく叱責する。（中略）自分が果てしなき能力主義を先導しているという考えを否定することで、神は自分の無限の力を誇示し、ヨブに謙虚であれとの教訓を示す。

（『実力も運のうち　能力主義は正義か？』、早川書房　P55）

佐藤　だから努力をしてもしなくても、祈ろうとも祈らなくとも、その人に降りかかることは、すべて神が決めるということだね。幸運なことが起こるかもしれないし不運が降りかかるかもしれない。成功するかもしれないし成功しないかもしれない。それは神のみぞ知ることであって人間にはわからない。努力とはなんら関係がない。

ところが人間は、これだけ努力したんだから報われるはずだと考える。これだけ祈ったんだから幸せになれるはずだと考える。能力主義的に考えるわけです。ヨブは努力して善行に励めば良いことが起こり、そうでないなら良くないことが起こると考えていた。このような能力主義的な考え方自体が、神からすれば人間のおごり高ぶりであって、それを神は厳しく叱責したということなんです。すべては努力によってなんとかなるというのは人間のうぬぼれであって、もっと謙虚になりなさいと言うんだね。

因果論で説明できない現象

佐藤　努力をしたからといって成功するとは限らない。運の要素がからんでくる。これはつまり、因果律、因果論をとらないということです。Mさん、因果律というのはどういうものだろう?

受講生M　原因があって結果が生まれるということ。

佐藤　そうです。因果律というのは、すべての事象は必ずある原因によって起こり、原因なしには何ごとも起こらないという原理だ。この考え方によって発展したのが、科学であり物理学でありテクノロジーだよね。だから近代以降、科学中心主義になると同時に、人間は、因果論を前提にして物事を考えることが当たり前になった。メリトクラシーのような社会システムも、能力や努力に応じて報酬や地位が得られるという考え方だから、因果論に基づいて現れてきたものと言える。

ところが20世紀前半、科学の最先端の分野において、因果論そのものを否定する動きが出てくる。その一例が、ハイゼンベルク（１９０１－１９７６）というドイツの物理学者が提唱した「不確定性原理」だ。

古典力学では、たとえば野球のボールを投げたときに、ある時点でのボールの「位置」および「運動量（質量×速度）」がわかれば、何秒後かのボールの「位置」を計算によって導き出すことができる。ところが、電子のような微細な粒子を測定しようとすると、「位置」および「運動量（質量×速度）」を同時に計測することができない。粒子の「位置」

を測定しようとすれば「運動量」がわからなくなる。「運動量」を測定しようとすると「位置」がわからなくなる。それで、粒子においては「位置」と「運動量」を同時には確定できないことを、ハイゼンベルクは「不確定性原理」として提唱した。そしてこれは量子力学の基礎原理となる。

「位置」と「運動量」を同時に確定できないということは、粒子（素粒子）というものは、豆粒をミクロレベルで小さくしたような、我々が想定するような意味においての「粒」とはいえないことになる。そして、粒子がどこにいるのか（位置）、どのように動くのか（運動量）は、確率的にしか測定することができない。古典力学では、今ここの野球ボールが計測できれば、未来のボールの位置を予想できると考えるけど、不確定性原理の見方では、野球ボールの未来はまだ確定しておらず、確率によって変化するということになる。野球のボールも粒子の集まりだからね。

でもこの奇妙な現象を認めることは、原因があって結果が生まれるという因果律の法則に反するでしょう？　だから古典力学の科学者は、確率によって未来は変化するなんてことを認めなかった。投げられたボールがどこに届くか、確率によってその結果はまちまちです、なんてことを受け入れるわけにいかない。それでアインシュタインは「神はサイコロを振らない」と言った。アインシュタインは、因果律の働かない世界をどうしても受け入れることができなかった。

ところがその後もさまざまな研究や議論がなされて、不確定性原理を基礎とした量子力学は、現代においては実践的な理論となっている。半導体やナノテクノロジーの分野において、量子力学に基づく技術がどんどん使われている。アインシュタインが受け入れられなかった確率論の考え方が、現代の先端テクノロジーの分野では受け入れられているということだよね。

ちょっと難しい話をしてきたけど、結局何が言いたいかというと、世界は因果論で動いているのではなくて、確率論で動いているという考え方もあるということだよ。努力したんだから報われる、努力しなかったら報われないとか、そういう因果律を超越したものがある。確率とか、運とか、そういう要素が世界にはある。

メリトクラシーの世界に生きていると、私が手にしたこの成果は自分の能力と努力によってのみ得られたとか、自分の運命は自分で切り開くんだとか、そういう因果論の思考回路になりがちだ。これを突き詰めると、あらゆることが自分の力でコントロールできるのだという考えになっていく。でもこれは人間の傲慢だよね。うぬぼれという罪だよね。

だから、因果を超えたコントロールできないものがこの世の中にはあるんだと知って、謙虚であることが大切なんです。運や運命をつかさどる「見えない何か」の働きを認めることだよね。

悪の暴走を止める市民共同体

佐藤　ではＭさん、考えをまとめてきたものを読んでください。

受講生Ｍ　僕はサンデル教授の本を読んで、メリトクラシーを乗り越えるものは何かという点にとても興味を持ちました。サンデル教授はメリトクラシーの問題点を指摘しながらも、それを完全には否定していません。前近代的な身分的不平等をなくす意味においても、能力を伸ばしそれぞれが自分に合った仕事を選ぶことで社会にダイナミズムが生まれるという意味においても、メリトクラシーは重要だと考えます。

ただし、メリトクラシーに弊害と落とし穴があることも現実で、それをしっかりと見極めて、乗り越える知恵が必要だと言います。その点でサンデル教授が提案するのが「共通善」という考え方でした。それは市民社会の「共通の善」のために、各人が自分の能力を発揮する社会です。メリトクラシーではおのおのの能力と業績が優先されるために、連帯や絆の意識が薄くなっていきますが、それを補うには、「共通善」を目指すことが大切だと言います。人々が共通善を目指すことで、社会は、連帯と絆を取り戻すことができると言います。独善主義や利己主義という落とし穴に陥らないためにも、とても示唆的な考え方だと思いました。

佐藤　「共通善」ってどういうもの？

受講生M　社会全体にとっての公共的な善のことだと。

佐藤　そういうことなんだけど、公共的な善と言うと少し政治的な匂いがするよね。その国の支配者にとっての「善」を、大衆に強いるようなニュアンスがある。サンデル教授はコミュニタリアニズム（共同体主義）の立場に立って、それよりもっと身近な共同体における「共通善」を想定している。地域の集まりだったり、特定の活動をするコミュニティだったり、市民の有志による共同体。すなわち中間団体だよね。その中において、みんなで共通の善を目指していこうと。

それだから市民共同体の中においては、独善主義や利己主義のロジックは排除される。お互いが力を出し合い助け合って、共通の善に向かって志を同じくする。共同体の外へと出れば、限られたパイを奪い合うような苛烈な競争が繰り広げられているわけだけど、共同体の中においては、同じ志と親愛によって結ばれた温かい人間関係がある。連帯や絆がある。サンデル教授が想定するのは、そういう社会だと思います。

今の社会において、メリトクラシーを全否定することはできない。競い合うことによって自分の知識や技能を磨くことができるという一面はある。社会全体は、一人ひとりの努力によってこそ発展していく。だから能力主義社会を全否定すれば、自己成長も国の成長もないということになる。

ただしそれが行き過ぎると、人々から「善」の意識が失われていく。独善的で利己的な人間が増えてくる。他人に無関心で、自分の努力だけで現在の自分があるというような傲慢な人間が多くなる。それからメリトクラシーにおける能力の尺度なんていうのは国家や学校や企業などに定められたものに過ぎないのに、その尺度によって測られた評価が、自分という人間のすべてだと考える浅はかな人間も増えてくる。意外とこういう人間は多いよね。とくにエリートと呼ばれる人ほど、外部評価によってしか自分を規定できない脆弱《ぜいじゃく》性《せい》を抱えていたりする。こういう人は意志や信念が脆《もろ》いので、国や組織が悪に傾いたときにも無批判に従ったりする。

このように善の欠如した人間が増えてくるのが、メリトクラシーの負の側面と言える。

能力と業績さえあれば何をしても許されるような社会。すなわちこれは、「悪」が暴走しやすい社会ということだよね。だからサンデル教授は「共通善」の重要性を指摘しているのだと思います。

エリートは競争社会の犠牲者

佐藤　ではMさん、まとめてきたものの続きを読んでみて。

受講生M　僕は、『ねじまき鳥クロニクル』に出てくる綿谷ノボルこそ、メリトクラシーがつくり出した最高傑作の一つなのではないかと考えました。しかしそれと同時に、綿谷ノボルは「メリトクラシーの犠牲者」でもあると感じました。

主人公の岡田亨も同じくメリトクラシーの社会に生きていますが、競争からは距離を置いて生きています。亨は、他人を蹴落としてでも上昇するというような世界からは距離を置いています。しかし綿谷ノボルは、メリトクラシーから距離を置くことなど考えられないほど、メリトクラシーの価値観が、そのまま生き方と一体化しています。両親の期待を一身に背負い、普通の若者らしい青春も楽しむことなく勉強に励みます。結果、東大の経済学部に入学し学者として活躍するわけですが、性格的な問題を抱えています。ゆがんだ性癖があることも描かれています。自由な意思で生き方を選べず、能力と成績がすべての世界で生きるしかなかったので、このようになってしまったのだと思います。

そう考えるとメリトクラシーのいちばんの犠牲者というのは、人生の成功者であるかのように見える綿谷ノボルだったのではないかと思いました。

佐藤　たしかにそういう見方もできるよね。メリトクラシーが、綿谷ノボルの性格をゆがませてしまった。

彼は特殊な性癖のある人物として描かれているんだけど、実際、偏差値エリートが集まった外務省の中にも、おかしな性癖の人間が多かったよ。たとえば女性が近づいてくると体中にじんましんができる男性がいた。女性は不潔な存在だという思い込みがあって、生理的に無理なんだって。それから、幼児プレイが好きな人もいたね。政治家との飲み会の席で、酔っぱらったあげくに突然赤ちゃん言葉になって、芸者さん相手に「僕ちゃん、ちゃびちい（寂しい）でちゅ」とダダをこねたりする人間もいた。

やっぱり勉強ばかりしてきたツケというか、ゆがみが出てくるんだと思う。そういう意味では彼らもメリトクラシーの犠牲者と言えるかもしれない。彼らは自分の大事な何かを犠牲にしてまで、能力を向上させることに励んできた人たちなんだから。

綿谷ノボルは、身を削って勉強してきた「努力型」のエリートだよね？　でも本当の天才というのは努力すらしない。Mさん、これまでそういう人に出会わなかった？

受講生M　高校のときに塾に行くと、黒板を見ただけで全部記憶しちゃうようなすごい天才がいました。私は一生懸命勉強してなんとか希望の大学に届いたという感じですが、その天才は、あまり勉強している感じがしないのに模擬試験でびっくりするくらい良い成績で、愕然《がくぜん》とした記憶があります。

佐藤　前に東大で教えていたことがあるんだけど、本当に頭がいい学生っていうのは受験勉強でほとんど苦労していないね。授業で習ったらすぐに理解して全部頭に入っちゃうから。それから灘《なだ》中学校とか武蔵中学校とか麻布中学校のトップクラスにいるような子たちって、もう小学校6年生の時点で、東大の授業についていけるくらいのレベルがある。英語と数学は別にしてね。こういうレベルの子たちがいる中高一貫校だと、授業で教科書なんて使わない。彼らは、受験レベルの内容は全部自分で対応できるから。だから先生は、授業で自分の好きなことを教えている。

本当のトップの頭脳というのはそういう感じなんだよ。だから綿谷ノボルにしたって、それからノボルの父親にしたって、本当のトップからしたら劣位なんです。劣位だから、自分の大事な何かを犠牲にしてまで勉強に打ち込む。それで人間がゆがんじゃうということだよね。

それから上に上り詰めるまでにいろんなものを犠牲にしてきた人間というのは、実際にその地位を得たときには、犠牲にしたものを取り戻そうとする。そういう人は、目下の者への要求が過大だったり、ノルマが過剰だったり、強権的だったり、ときに暴力的だったりする。外務省でも、ノンキャリアから苦労して出世して課長になったような人にはかなり面倒な人がいたね。

今まで犠牲者だったから今度は加害者になる。奪われてきた人間だったから今度は他人から奪おうとする。それが「悪」となって、悪の連鎖を生み出す。強者でなければ生きている意味などないというような、ゆがんだ価値観が連鎖していくわけです。

第5章

無自覚になされる悪

悪はどのように生まれるか

佐藤　ここまで、資本主義が内包する悪、軍国主義が生み出す悪、メリトクラシーがつくり出す悪を考察してきました。すなわち、社会システムやイデオロギーが、人間を悪に変えてしまうことがあるという話をしてきました。そこでここからは、マクロな視点ではなくてミクロな視点から、人間が持つ「根源悪」の問題を考えていきたいと思います。

それでちょっと質問。皆さんにとって「悪」って何かな？　何をもって「悪」とするか？　Wさん、どう？

受講生W　相手を傷つけたり苦しめたりすることかなと思います。

佐藤　たとえば体の具合が悪くて手術しなきゃいけないとする。医者は、あなたの体にメスを入れて傷つけることになるよね？　あなたは手術への恐怖もあるし、いろいろと痛みや苦しみがあるよね？　そしたらその医者は、悪を行っているということになる？

受講生W　その場合は悪ではないと思います。

佐藤　じゃあ、どういう場合が悪になる？

受講生W　相手を傷つけたり苦しめたりすることが目的になった場合には、悪になると思います。

佐藤　そうだね。医者は患者を治すために体にメスを入れるわけで、苦しめるためにやっているわけじゃない。目的は患者の病気を治療することであって、相手を苦しめるためではない。

でもさ、こういう場合はどう考える？　太平洋戦争中に実際にあった話だけど、アメリカのB－29爆撃機が日本の戦闘機に撃墜されて、落下傘降下したアメリカ軍兵士が捕虜になった。捕虜は九州帝国大学医学部に送られて、輸血の代わりに、海水から作られた代用血液を注入された。まもなく捕虜は死亡する。これは悪だと思う？

受講生W　悪だと思います。

佐藤　でもその目的が、戦場で日本兵が負傷して輸血が必要になった際に、塩水で作った代用血液が使えないかどうかの臨床実験だったとしたら？　捕虜を傷つけたり苦しめたりするのが目的ではなく、負傷した大勢の日本兵の命を救うための実験だったとしたらどうだろう？

受講生W　でもやはり、人道的に見て許されないと思います。

佐藤　そうすると目的が正しいからといって、どんな手段を取ってもいいということにはならない。傷つけるためとか苦しめるためとか目的からして「悪」の場合もあれば、目的が善であっても、その手段に「悪」が含まれる場合もある。Mさんはどう思う？

受講生M　私は、相手の意志や自由、権利を無視したり奪ったりすることがあれば、それは悪だと考えます。

佐藤　映画『戦争と人間』では嫌というほどそんな場面が出てきた。特高警察が反戦活動家をとらえて拷問したり、軍隊で上官が一方的に部下に暴力をふるったり。戦時下という状況が人間をそうさせるという面もあるけど、じゃあ平時はどうか？　平時であってもそういうことは起きているよね。拷問や暴力のようにあからさまでなくても、普段の社会活動や経済活動の中で、相手の意志や自由を奪うというようなことは実際に起きている。では、なぜ人は他者の意志や自由を奪おうとするのだろう？

受講生M　相手を思い通りにしたい？

佐藤　思うように相手をコントロールしたいということだよね。支配者が奴隷を使役するのと同じで、相手を思い通りにコントロールすることができれば、それだけ自分にメリットがある。その根本にあるのは「欲望」でしょう？　権力欲とか金銭欲とか。だから悪には、常に何らかの欲望がからんでいることになる。

仏教とキリスト教の「悪」

佐藤　仏教では、人間の欲望こそ「悪」の根源だととらえます。人間の欲望というのはいわゆる煩悩でしょう？　煩悩があるから人間は俗世で苦しむことになる。煩悩にとらわれている限り、輪廻転生《りんねてんしょう》のくびきから逃れることはできない。だから煩悩を滅してそのくびきから解脱《げだつ》することが、仏教における究極の目標だよね。

煩悩がどうして生まれるかというと、「五蘊《ごうん》」への執着が原因であると仏教では考える。五蘊というのは、色《しき》（物質や身体）、受《じゅ》（感受作用）、想《そう》（表象作用）、行《ぎょう》（意志作用）、識《しき》（認識作用）の5つのこと。ところがこの五蘊というのは、じつは幻影のようなもので実体がないとされる。実体がないにもかかわらずそれに執着して、煩悩が生まれる。そしてその煩悩が、さまざまな「悪」を生むというわけだ。

そう考えると仏教においては、「悪」には実体があるだろうか？　それともないだろうか？　Mさん、どう思う？

受講生M　悪も、実体のないものということになります。

佐藤　そういうことになるよね。これが仏教の「悪」のとらえ方です。ところがキリスト教の「悪」のとらえ方はちょっと違う。

キリスト教的な視点における「悪」を論じたもので私がとくに優れていると思うのが、カリフォルニア大学教授で哲学博士のジェフリー・バートン・ラッセルという人が書いた「悪魔の概念史」四部作です。これは『悪魔』『サタン』『ルシファー』『メフィストフェレス』（日本語版はすべて野村美紀子 訳、教文館）の4冊からなっていますが、全部読むのは大変です。だからその簡略版として出された『悪魔の系譜』（大瀧啓裕 訳、青土社）を皆さんにはすすめます。

それでその『悪魔の系譜』の中でラッセルが言っているのが、「悪」は漠然とした観念や抽象的なものではなく、「現実的で具体的なもの」であるということです。その冒頭を読むよ。


悪は直接に体験され、直観によって理解される。娘が殴られ、老人が襲われ、子供が犯される一方、テロリストは飛行中のジェット機を爆破し、偉大な国家は一般市民の居住地に爆弾を投下する。（中略）もっとも根本的なレヴェルにおいて、悪は抽象的なものではないのだ。現実的かつ具体的なものにほかならない。

（ジェフリー・バートン・ラッセル著『悪魔の系譜』、青土社　P12）

佐藤　このようにキリスト教の世界観では「悪」に対するリアリティが強い。悪は、現実的かつ具体的なもの。悪は幻影のようなものでしかないという仏教に対して、キリスト教の悪は「神に対するアンチテーゼ」として具体的に存在するものとらえられる。悪魔やサタンの概念のように、実体がある存在としてとらえられているんだね。

仏教の主流派では、悪の根源である煩悩は、修行によって自力で克服できると考えられているよね？　悪も修行で克服できる。その点、キリスト教の場合はどうだと思う？

受講生M　自力では克服できない？

佐藤　そう。自力では克服できない。とくにプロテスタントではそう考える。初代キリスト教の伝道者として重要な役割を果たした、使徒パウロの言葉にこうある。

わたしは、自分のしていることが分かりません。自分が望むことは実行せず、かえって憎んでいることをするからです。

（『ローマの信徒への手紙』7章15節、新共同訳）

キリスト教では、人間は誰しも原罪を抱えていると考える。その罪が形となって、人間に悪を犯させる。しかし悪を犯さないようにすることは人間の自力ではできない。パウロの言葉は、悪いことをしないように気をつけていても、どうしても悪を犯してしまう人間の非力さを嘆いている。

だから悪から逃れるためには、イエス・キリストを通して神に祈るしかない。祈ることで救いを求めるしかない。キリスト教徒はそのように考える。だからキリスト教徒は、パウロのように自分の悪をしっかりと見つめて、みずからの悪を自覚するところからすべてが始まると考えている。

人に会うことは暴力である

佐藤　パウロにはこういう言葉もある。

彼らは神を認めようとしなかったので、神は彼らを無価値な思いに渡され、そのため、彼らはしてはならないことをするようになりました。あらゆる不義、悪、むさぼり、悪意に満ち、ねたみ、殺意、不和、欺《あざむ》き、邪念にあふれ、陰口を言い、人をそしり、神を憎み、人を侮《あなど》り、高慢であり、大言を吐き、悪事をたくらみ、親に逆らい、無知、不誠実、無情、無慈悲です。（『ローマの信徒への手紙』1章28－31節、新共同訳）

佐藤　じつに具体的に人間の悪について書かかれているよね。ねたみ、殺意、欺き、陰口、侮り……。Kさん、これらについて何か気がつくことはないかな？

受講生K　ほとんどが人間と人間の間で起こる感情です。

佐藤　そうだね。ねたみ、殺意、欺き、陰口、侮りというのは、人間が、誰か「他者」と相対したときに生まれてくる感情でしょう？　だから「悪」というものを考えるとき、それはほぼ人間関係において発現するということなんだ。

これに関連してなんだけど、『ねじまき鳥クロニクル』第1部3章のところで、主人公の岡田亨に、加納マルタという女性から電話がかかってくるよね？　それで「これからお目にかかるということは可能でしょうか？」と言われる。何か伝えることがあるのなら、別に電話で済ませればいいわけでしょう？　彼女はなぜ会うことを求めたんだろう？

受講生K　自分の顔や容姿を知ってもらうため？

佐藤　それなら自分の写真を送ればいいかもしれないよ？　今ならZoomやSkypeがあるから顔を見ながら話せるよね？　当時はそうしたビデオ通話ツールはなかったけど、そうだとしても加納マルタは直接会うことを求めたと思う。Mさん、それはどうして？

受講生M　実際に対面で会うと相手の全体像が見えるし、雰囲気とか空気感のようなものが伝わってきます。

佐藤　なるほど、空気感ね。皆さんなら新型コロナのときはオンライン授業が多かったでしょう？　Wさん、対面の授業とどう違った？

受講生W　感覚的なことも含めて、情報量が全然違うというか。

佐藤　たしかに情報量は全然違うね。それもそうだけど、もっと決定的な違いがある。

以前、筑波大学の社会精神保健学の教授で、精神科医の斎藤環《さいとうたまき》さんと対談したことがあるんだ。そのとき斎藤さんが面白いことを言っていてね。「人と会うことは暴力だ」と言うんだよ。「会うことは暴力」という言い方には違和感を覚える人も多いだろうと思ったので、どんな意味が込められているのか、私は聞いてみた。

すると斎藤さんが言うところの「暴力」という言葉は、良いとか悪いとかといった価値判断とは関係なく、「他者に対する力の行使」すべてを指す概念なのだという。「あの人に会わなくてはならない」という気の重さのようなもの、圧力とか重力と置き換えてもいいんだけど、そういう見えない力のようなもの。目の前にいる人の態度や言葉に一切の攻撃性が見当たらなかったとしても、そこには常に、ミクロな暴力ないし暴力の兆候がはらまれている。それで斎藤さんは「人と会うことは暴力だ」と言ったんだ。

実際、友だちとオンライン上で話すのと、外で会うのとでは、やっぱり心構えが変わってくるでしょう？　どんなに会いたい友だちであったとしても、約束の時間が近づくと、それなりに緊張感が出てくるし、気持ちを上げていかなきゃいけない。Wさん、そういう感じはない？

受講生W　たしかにありますね。

佐藤　だから「人と会う」ということは、たとえお互いにどんなに気を遣《つか》っていたとしても、それぞれの領域を侵犯し合う行為になる。対面した時点で「他者に対する力の行使」が発動する。雰囲気とかオーラとか立ち居振る舞いとか佇《たたず》まいなんかも含めて、そうした全体的なものが相手の領域に侵入していく。だから加納マルタが亨に会いたがったのも、互いに領域に踏み込み合うことも含めて、実際に対面したかったということだと思う。

ただし「会うことは暴力」と言っても、斎藤さんが言うように、それ自体に良いとか悪いという判断基準はない。領域を侵犯し合うからこそお互いに刺激になって、やる気が起きたり、感動が呼び起こされたりすることもある。恋愛なんてまさに領域侵犯でしょう？ ただそれが行き過ぎると、ねたみ、殺意、侮りのような悪の感情が引き起こされることもあるということだ。

新型コロナによる影響で、一時期、全員が強制的に距離を持たせられたよね？ リモート会議やリモート打ち合わせが当たり前になった。最初はどうなるんだろうと思ったけど、人と直接会うことがなくなったらなくなったで、なんだかラクになった、ホッとしたという人もけっこう多かったんじゃないかな。逆に言うと、それまでやたらと会議とか飲み会とかで一堂に集まっていたときには、それだけ他者に対する力の行使をやり合っていたということだよね。実際、会議や飲み会の後は、なんだか気力を吸い取られたような感じがしてぐったりすることもあるでしょう？

「人と会うことは暴力だ」という斎藤さんの考え方に、私は大いに賛同します。

亨が綿谷ノボルを憎む理由

佐藤　さて、以前にメリトクラシーについて考えたときに、綿谷ノボルは、ある意味で「犠牲者」なのかもしれないという話になったよね？　その父親はエリートにならなければ生きている意味などほとんど何もないという考えの持ち主で、綿谷ノボルは、自分の大事な何かを犠牲にしてまで勉強に打ち込んできた。それで見事、東大に合格する。でも子どものころのノボルは、本当は勉強なんかしたくなかったのかもしれない。親のエゴのために自由な意志を奪われてきた人間で、その点で犠牲者なのだと。

こういうふうに「他者に対する力の行使」は、家庭内においても日常茶飯事に行われている。親が無理やり子どもの将来を決め、それに向かって努力することを強いる。エゴの強い親は、子どもの領域を見境なく侵犯する傾向がある。実際に腕力による暴力がふるわれていなかったとしても、子どもの自由な意志を奪うという意味においての暴力は、ごく当たり前に行われている。そしてその親は、自分の暴力性にまったく気づいていない。こういう両親のもとで育つ子どもは大変だし、かわいそうだよね。

それでその綿谷ノボルだけど、主人公の岡田亨はひどく彼を憎んでいる。

これまでの人生の過程において、そのような感情処理システムを適用することによって、僕は数多くの無用なトラブルを回避し、僕自身の世界を比較的安定した状態に

保っておくことを可能にしてきた。そして自分がそのような有効なシステムを保持していることを、少なからず誇りに思ってきた。
しかし綿谷ノボルに対しては、そのシステムはまったくといっていいほど機能しなかった。
（『ねじまき鳥クロニクル　第1部　泥棒かささぎ編』、新潮文庫　P148）

岡田亨は、誰かに会ったときに苛立《いらだ》ったり不愉快になったりしても、その感情を別の領域に移動させて凍結させることによって、だいたい冷静に対処することができていた。ところが綿谷ノボルに会ったときは、なぜかそうはいかなかった。感情が揺さぶられてしまう。どうしても苛立ってしまう。綿谷ノボルはたしかにエリート意識の高い鼻持ちならない人物ではあるけど、亨はどうしてここまで感情が揺さぶられるんだろう？

受講生W　2人の世界観が違うから？

佐藤　Mさんはどう思う？

受講生M　私も2人の話す言語というか、住んでいる世界が違うからだと感じました。

佐藤　ちょっと違うな。結論から言うと、2人は磁石のN極とN極同士だからなんだよ。だから反発する。綿谷ノボルと岡田亨の世界観は、じつは同じなんだ。どういう世界観が同じだと思う?

受講生M わからないです……。

佐藤 世界観を持っていないんだよ、2人とも。つまり〝世界観を持っていない〟というのは、2人とも自分の世界観がなくて、そもそも世の中というものを見下してバカにしている。

綿谷ノボルはいわゆるエリート街道を突き進んで経済コメンテーターになったり政治家になったりするんだけれども、根本のところで人のことをバカにしてるし、自分の言ってることすらじつは信じていない。岡田亨はそれとは別の形なんだけど、やっぱり世の中を見下している。法律事務所でとりあえず使い走りみたいな仕事をしてみたり、それを辞めて妻に食べさせてもらったりして、夏目漱石《なつめそうせき》の小説に出てくる高等遊民みたいな生き方をしている。高等遊民というのは高等教育を受けていながら世俗的な苦労を嫌って定職に就かずに暮らしている人のことだけど、生活のために汗水垂らして必死に働いているような人たちを見下して生きている。岡田亨は、一見はエリート主義者には見えない。でも心の奥底にはそういう意識があって、極めて冷ややかに世の中を眺めている。

そういう意味で、綿谷ノボルと岡田亨は相通じるところがある。だから強く反発を感じる。これはユング心理学で言うところの「シャドウ」の概念で説明できる。たとえばWさんはすごく嫌いな人っている？　見るだけでイライラするような人。

受講生W　昔、いましたね。

佐藤　そのすごく嫌いな人というのは、じつはWさんが持っている「ある性質」を、その相手も同じく持ち合わせているから虫が好かないわけです。たとえば自分はあまりウジウジしたところを人には見せないようにして、明るくふるまって生きているとする。するとウジウジしている人を見るとなんだか腹が立つ。それは自分の内側に抑え込んでいるウジウジした性質、すなわちシャドウ（影）が相手に投影されて、まるでウジウジした自分の性質を目の前で見せつけられているような感じがするからイライラするということなんだ。Wさん、どう？　そんなふうに感じない？

受講生W　自分では気がつかなかったですけど、「じつは2人は似てるよね」って友だちに指摘されたことはあります。

佐藤　シャドウは、それが自分の持っている性質だとはなかなか自覚されないことが多い。「2人は似てるよね」と指摘されたら、「あんな人と一緒にしないでくれ！」と反発することが多いと思う。だけどよくよく自分の心を見つめてみれば、自分も嫌いな人と同じ

「ある性質」を持っていて、それを見ないようにしてきただけだったということに気づく。

ついでに言うと、たとえば残酷だったり冷たかったり卑怯《ひきょう》だったりといった、自分が見たくないシャドウの性質に気づいて、それを受け入れていくことで、人間としての器が大きくなる。だから嫌いな人が目の前に現れたら、普段自分が見ないようにしている「影」の部分に気づいて、人間の器を大きくするチャンスとも言えるわけだ。

いずれにせよ、岡田亨が綿谷ノボルに感情を揺さぶられてしかたないのは、このシャドウが関わっていると思う。綿谷ノボルへの強烈な嫌悪感は、岡田亨自身の内面にも、ノボルと似たような性質が潜んでいるからということなんです。

抑圧された欲望が悪になる

佐藤　それでこの『ねじまき鳥クロニクル』の主人公・岡田亨なんだけど、一見するとそれほど問題がある人物には見えないよね？
ところが本人が気づいていないだけで、かなり問題のある人物だと思う。大事なところに無関心というか、相手を傷つけていることに気がつかないというか、そういう一種の鈍感さがある。それで物語が進むにしたがって、あちこちでトラブルが引き起こされてくるわけだ。

Mさん、たとえばどういう場面がそうだと思う？

受講生M　法律事務所で一緒に働いていた女の子の部屋に泊まったときのことを、すべて妻のクミコに打ち明ける場面でしょうか。

佐藤　そうだね。亨は来週結婚式を挙げる女の子の部屋に上がって、話をしているうちに、なんだか怖いから抱きしめてほしいと言われて抱きしめた。それで家に帰ると、妻のクミコは腹を立てて待っていた。亨は、同僚と飲んでマージャンをやっていたと嘘をつく。だけど嘘だとバレバレで、結局はクミコにすべて本当のことを話す。彼女とは何もなかった。抱きしめてほしいと言われて抱きしめただけなんだと。

でもこうあけすけに本当のことを言われて、傷つくのはクミコだよね？　亨はセックスしたわけじゃないんだから許されるだろうと考えているんだろうけど、Mさん、女性からしたら、どう？

受講生M　絶対に嫌です。身体だけの関係のほうがまだ救いがあるかもしれません。精神的なつながりを感じられる関係のほうがずっと許せないです。

佐藤　だよね。セックスをしているよりもむしろタチが悪い背信行為だよね。こういうところが岡田亨は鈍感なんです。それでクミコは３日間、口をきかなった。ほかにも、異性との関係をクミコに隠そうとする場面があるよね？　誰との関係を隠そうとした？

受講生Ｍ　笠原メイのこと。

佐藤　そうだね。岡田亨は、近所で出会った笠原メイと一緒に、かつらメーカーの調査のアルバイトをしに行った。クミコが家に帰ってきてシャワーを浴びているときに、亨がふと自分のズボンのポケットに手をつっこむと、そのアルバイトのギャラが入った封筒がポケットに入ったままであることに気づく。

僕は封筒から金だけを出して、それを財布に入れ、封筒は丸めて屑《くず》かごに捨てた。人はこのようにして少しずつ秘密というものを作り出していくのだな、と僕は思った。べつにそれをクミコに対して秘密にしておこうと意識して思っていたわけではない。もともとそれほど重要なことではないし、言っても言わなくてもどちらでもいいことだった。

（『ねじまき鳥クロニクル　第１部　泥棒かささぎ編』、新潮文庫　Ｐ２２４－２２５）

佐藤　それほど重要なことではないと岡田亨は考えているけど、笠原メイとの関係で何かまずいと思うものがあるから、封筒を捨てるという行為をしたわけだよね？　本人がちゃんと意識できていなくても、無意識の領域では笠原メイに惹《ひ》かれる気持ちがあるから証拠を隠したわけだよね？

オーストリアの心理学者フロイト（1856－1939）は、人がとっさに何かを隠蔽《いんぺい》しようとしたり言い間違えたりするときは、無意識下に抑え込んでいる隠された欲望がある、と言っている。だから秘密というのは、意識して秘密をつくろうと思ってつくられるのではない。無意識のうちに隠されている欲望があって、それが外に現れ出ようとするのをとっさに抑え込もうとしたときに、秘密がつくられるわけです。

そうすると、岡田亨の鈍感さ、気がつかなさというのは、じつは自分の内には生々しい欲望があるのに、そんなものは見ないようにしているところに原因がありそうだよね。結婚する前の女性の同僚、笠原メイ、彼女たちに本当は惹かれる気持ちがあるのに、それを見ないようにしている。気持ちを抑圧してしまう。無意識の領域に押し込んでしまう。

ところが本人は抑圧したつもりでも、行動を見ればその欲望が漏《も》れ出てしまっている。それが周囲を苛つかせたり傷つけたりしているという見方もできるよね。

現実を見ない正常バイアス

佐藤　岡田亨の鈍感さという点で、テキストの第1部11章で出てくる、クミコのオーデコロンについてのエピソードも示唆的だ。Kさん、どういう話だった？

受講生Ｋ　朝、クミコが会社に出勤するとき、ワンピースの背中のジッパーをあげてほしいというので岡田亨がそれをあげていると、耳のうしろにオーデコロンのとてもいい匂いがします。「新しいオーデコロン？」と聞くけど、クミコはそれには答えず出掛けていってしまいます。それでその新しいオーデコロンについてしばらく考えるという話です。

佐藤　クミコが出掛けた後、部屋の片づけをしていると、屑箱《くずばこ》の中に黄色いリボンが捨ててあった。松屋デパートの包装紙も捨てられていた。クリスチャン・ディオールのマークのついた箱もあった。洗面所に行ってクミコの化粧品入れを開けてみると、クリスチャン・ディオールのオーデコロンの瓶があった。

奥さんがこんなに高価なオーデコロンをプレゼントされるとしたら、まっさきに不倫している男がいるんじゃないかと疑うよね？　ところが亨は、何か引っ掛かるものはあるものの、同僚の女の子からもらったものだと結論づける。

「今日ね、同僚の女の子にこんなプレゼントもらったのよ」と僕に言ったってよかったのだ。でも彼女は黙っていた。わざわざ言うほどのことでもないと思ったのかもしれない。

（『ねじまき鳥クロニクル　第1部　泥棒かささぎ編』、新潮文庫　P237）

佐藤　普通に考えてこのストーリーには無理がある。なのになぜ、こんなふうに結論づけたんだろうか？

受講生K　きっと、そう考えたかったからじゃないでしょうか？

佐藤　そうだね。「正常バイアス」という心理学用語がある。認知バイアスの一種なんだけど、ありのままの現実を否認する心の働きをいう。恐ろしいことや不安なこと、信じがたいこと、非常事態など、すぐには受け入れることが困難な現実を、「そんなことはあるはずがない」と認めないようにする心の働きなんだ。たとえば記録的な大雨が降って避難警報が出されているのに、すぐに非難しないで被害に遭う人がときどきいるでしょう？こういう人の中には、警報が出ていることがわかっていても、そこまで危機的な状況ではないだろうと現実を否認してしまっているケースがある。正常バイアスが働いてしまって、現実を直視できていないわけです。

クミコが不倫している可能性を、岡田亨は考えたくもなかった。だから正常バイアスが働いて、普通に考えたら無理のある「同僚の女の子からのプレゼント」というストーリーをつくり出して、自分を安心させたんだと思う。そういうストーリーをつくり出したものの、頭の中では何かが引っ掛かっている。無意識下では、男からもらったものだとうっすら勘づいている。でも、それに気づきたくない。嫉妬や怒りのような面倒な感情に向き合いたくない。だから抑圧してしまう。無意識の領域に押し込んで、気づかなかったことにするわけだ。

そうすると岡田亨は、鈍感であることをみずから選んでいる男とも言えるよね。「気づかない男」なのではなくて、「気づかないようにしている男」とも言える。

その点で、テキストの第2部2章のところで、岡田亨が笠原メイに、以前つき合っていたボーイフレンドのことについて尋ねる場面があるよね？

「それで君のそのバイクのボーイフレンドはどうしているの？　もう彼には会わないの」と僕は尋ねてみた。

「もう会わない」と笠原メイは言った。そして左目の脇《わき》の傷あとをそっと指で触れた。「もう二度とその子と会うことはないわね。それはたしかよ。二百パーセントくらいたしかよ。右足の小指を賭《か》けたっていいわよ。でもその話は、今のところあまりしたくないの。

（『ねじまき鳥クロニクル　第2部　予言する鳥編』、新潮文庫　P46－47）

岡田亨は、笠原メイがバイクの後ろに乗っていて放り出されて大怪我をしたことを知っている。それで学校をしばらく休んでいることも知っている。そのボーイフレンドについて「もう二度とその子と会うことはないわね。それはたしかよ。二百パーセントくらいたしかよ」と言った。普通の感覚だったらそのボーイフレンドはどうなったと推測する？

受講生K　ボーイフレンドはバイク事故で死んでしまったのかもしれない。

佐藤　だよね。言葉の行間というか、笠原メイの言葉の端々を注意深くとらえていれば、彼氏がバイク事故で亡くなった可能性も考えられるわけでしょう？　だけど岡田亨の感覚はまったくズレていて、死んだのかもしれないということが前提にない。それでずけずけとその彼氏の話を聞こうとする。こういうところにも鈍感さが表れているよね。

あるいは正常バイアスの考え方で、バイク事故とわかっていても、それがまさか「死」

とつながっているとは考えたくなかったのかもしれない。笠原メイが、好きだった人の死を告白して、そのときの起こりうる悲しみや絶望の感情と向き合うことを無意識に避けたかったのかもしれないよね。

自分の悪に気づかない悪

佐藤　このように岡田亨は、生々しい欲望をとっさに抑圧したり、向き合わなければいけないつらい現実を正常バイアスで否認したり、ネガティブな感情と向き合うことを回避したりするクセがある人物なんだね。ここで生々しい欲望やネガティブな感情を「悪」とするならば、岡田亨は、この「悪」から逃れよう、避けようとして生きている人間といえる。そしてそれはほとんど無意識的で、自分の内側にそうした悪の要素があることすら気づいていない。あるいは、気づかないようにしている。亨が綿谷ノボルに感情を揺さぶられてしかたないのは、綿谷ノボルの悪の性質は、じつは亨自身が持っている悪の性質と同じだからだという話をしたけど、もちろんそのことにも本人は気づいていない。

新約聖書の『ルカによる福音書』の中に、イエスのこういう言葉がある。

あなたは、兄弟の目にあるおが屑は見えるのに、なぜ自分の目の中の丸太に気づかないのか。自分の目にある丸太を見ないで、兄弟に向かって、「さあ、あなたの目にあるおが屑を取らせてください」と、どうして言えるだろうか。偽善者よ、まず自分の目から丸太を取り除け。

（『ルカによる福音書』6章41－42節、新共同訳）

岡田亨の問題というのはまさにこういうことで、自分の目の中の丸太、すなわち自分の内なる「悪」に気づこうとしないことなんです。だから「自分の悪に気づかない悪」と言ってもいい。

つまり偽善者だよね。無意識の偽善者だよね。悪意はない。むしろ自分はいい人だとさえ思っている。ところがなぜか、人を傷つけたり悲しませたりしてしまう。傷つけるつもりはないのに、なぜだか人間関係で問題が起こる。自分に原因があるという自覚がないから、なおさらタチが悪い。

でもこれは岡田亨だけの問題ではない。ほかの登場人物もそういう問題を抱えているし、もっと言えば、今を生きる現代人全員の問題とも言えます。

以前にも話したけど、メリトクラシーの社会、自己責任の社会となって、人々はどんどんとバラバラな個、アノミーな状態になっています。それぞれがカプセルの中に入って社会をふわふわと流動しているような状態で、他者との関係がとても希薄になっている。他者と深くつながることがなくなるから、自己完結した人間が多くなる。自己完結した論理が当たり前になれば、自分の内なる「悪」には気づきにくくなる。するとある種の「鈍感さ」が社会に蔓延する。気づかない男、気づかない女が増える。そうやって人々は、お互いに少しずつズレていくわけだ。

そういう意味において『ねじまき鳥クロニクル』という小説は、「ズレ」の物語とも読めるわけです。登場人物はお互いが少しずつズレている。その「ズレ」が織りなしてつくられた、一種のタペストリーと言ってもいい。「ズレ」によってさまざまな誤解が生じることで、物語が動いていく。大きな物語のプロットがあって動いていくのではなく、小さな「ズレ」から物語が動いていく。小さな差異から物語が進む。こういう書き方は、村上春樹さんがポストモダンの洗礼を受けた作家だからこそできることだと思います。

人間と人間は、お互いの内在的論理を完全には了解できない。だから少しずつズレていくのは、ある意味で仕方ない。けれども相手の気持ちに気づこうとする努力は大事だし、他者に対して自分がどのような影響を与えているのかに気づくことも大事なことだ。気づかないし、気づこうとしないこと。そのこと自体に、悪が内包されているのだということを理解しておこう。

第6章

自分の悪を受け入れる

綿谷ノボルへの宣戦布告

佐藤　気づかないし、気づこうとしない男。そんな岡田亨だったけど、クミコが家を出て行ってしまったことで、いよいよ自分の抱えている性格的な欠陥と向き合わざるを得なくなります。

岡田亨はある日、加納マルタという女性から電話がかかってきて、明日、綿谷ノボルとともにホテルのコーヒールームで待っているので会えないかと言われる。亨は、「わかりました」と言って翌日ホテルに向かう。ホテルでは、加納マルタと綿谷ノボルが待っていた。綿谷ノボルが話し始める。妹のクミコは君のところへはもう帰らないから、離婚届にサインして判を押して、それでもうおしまいにしてしまおうと言う。ずいぶん勝手な言い草だ。さらに綿谷ノボルはこう言う。

　君がこの六年のあいだにやったことといえば、勤めていた会社を辞めたことと、クミコの人生を余計に面倒なものにしたことだけだ。今の君には仕事もなく、これから何をしたいというような計画もない。はっきり言ってしまえば、君の頭の中にあるの

は、ほとんどゴミや石ころみたいなものなんだよ。

（『ねじまき鳥クロニクル　第2部　予言する鳥編』、新潮文庫　P57）

君の頭の中にあるのは、ほとんどゴミや石ころみたいなものなんだ。このノボルの発言に対してどう思う？

受講生M　不愉快な言い方ですね。完全に人を見下しています。

佐藤　エリートの傲慢さがはっきり表れているよね。エリートにならなければ生きている意味などほとんど何もない。そう言われ続けて育った綿谷ノボルからしたら、亨のように何をしたいでもなくただ毎日を生きているような人間がすごく許せない。イライラする。だから綿谷ノボルのシャドウは、岡田亨に投影されているのかもしれない。向上する努力をしないだらしない性質を、綿谷ノボルは必死に抑圧してきただろうからね。

それで、綿谷ノボルに言いたい放題にバカにされた亨は、深い沈黙の後、「下品な島の猿の話」を始める。

どこかずっと遠くに、下品な島があるんです。名前はありません。名前をつけるほ

どの島でもないからです。とても下品なかたちをした下品な島です。そこには下品なかたちをした椰子《やし》の木がはえています。そしてその椰子の木は下品な匂《にお》いのする椰子の実をつけるんです。でもそこには下品な猿が住んでいて、その下品な匂いのする椰子の実を好んでたべます。そして下品な糞《くそ》をするんです。

（『ねじまき鳥クロニクル　第2部　予言する鳥編』、新潮文庫　P63）

佐藤　こういう話をして、岡田亨はいったい何が言いたかったの？

受講生K　人のことをバカにしているけど、人間として下品なのはむしろお前のほうだということを言いたかった？

佐藤　つまりは綿谷ノボルに対する宣戦布告だよね。どっちが人として下品なのか、お前はわかっているのかと。叩くなら叩き返すぞと。

これまでの対人関係において感情を凍結させることで冷静に対処してきた亨が、すごく感情的になって怒りを相手にぶつけた。はっきりと宣戦布告した。とはいえ、まるで自分が自分ではないような感覚もあって、疲れるし嫌な気持ちになる。それでもこの発言が、岡田亨の心の奥にずっと眠っていた生々しい感情を呼び起こすための、一つのきっかけになったのかもしれないよね。

死んだように生きている人間

佐藤　クミコがいない日々を送っていた亨は、ある日、近所の空き家の敷地にある、涸《か》れた「井戸」に潜ることにする。火災避難時用の縄梯子《なわばしご》を買ってきて、その縄梯子をつたって井戸の底まで降りる。そこで腰を下ろしてじっとしている。Kさん、これにはどういう意味がある？

受講生K　ユング心理学で解釈するとすれば、井戸に潜るというのは、無意識の奥底のほうに潜り込んでいくことのメタファーだと思います。

佐藤　心の奥底のほうへと潜って、自分が気づいていないことを探り出そうと。自分はいったい何に気づいていないのか、何から目をそらしてきたのか、それにちゃんと向き合おうということだね。

　ただ物語の筋からすると、岡田亨が「井戸に潜る」という発想に行きついたのには、あるきっかけがあるよね？　それは何？

受講生K　間宮中尉から、満州とモンゴルの国境付近で敵兵に捕らえられて、井戸の底で過ごした体験談を聞いたことでしょうか?

佐藤　そう。間宮中尉が井戸の底にいるときの強烈な体験談だよね。敵兵に捕まって井戸の前に連れて行かれ、今すぐ撃たれて死ぬか、それとも井戸に飛び降りるか、どちらかに決めることを迫られた間宮中尉は、井戸に飛び込んだ。打ちどころが悪かったら死んでいたかもしれなかったけど、井戸に落ちても生きていた。でも井戸は深いので逃げようがない。真っ暗な井戸の底で、食料も水もなく、じわじわとただ死を待つだけだった。ところが、ある時間帯になると太陽の光がぱっと差し込む。

とにかく、私はそこにあるものの姿を見たのです。私のまわりは強烈な光で覆《おお》われます。私は光の洪水のまっただなかにいます。私の目は何を見ることもできません。私はただ光にすっぽりと包まれているのです。でもそこには何かが見えます。一時的な盲目の中で、何かがその形を作ろうとしています。

（『ねじまき鳥クロニクル　第2部　予言する鳥編』、新潮文庫　P73）

圧倒的な光に包まれているとき、間宮中尉はとてつもない至福を感じる。しかし光が過ぎ去れば暗闇が戻り、孤独と絶望が再び襲ってくる。光と闇。圧倒的な至福と、圧倒的な絶望。これが井戸の底にいる間、ずっと繰り返されるわけです。

井戸の中での体験も含めて、間宮中尉は戦争中に、人間として極度に強烈な体験をいくつもした。こういう人間はその後どうなってしまうと思う?

受講生K　生きていく気力がなくなると思います。

佐藤　そうだね。抜け殻のようになる。それで間宮中尉はもういつ死んでもよいと思った。だから終戦間際には、志願してあえて危険な前線に行ったりしている。でも死ねない。死を選ぼうとしても死が遠ざかっていく。死なないのではなく、死ねなかった、と間宮中尉は亨への手紙に書いているよね。

あまりにも強烈な出来事に遭ってしまった人間というのは、その後の人生を死んだように生きるしかないわけです。夏目漱石の『こころ』という小説がある。『こころ』に出てくる「先生」は、過去に犯した過ちとその結果によって抜け殻となって、それこそ死んだように生きている。明治天皇が崩御《ほうぎょ》し、乃木《のぎ》大将（乃木希典《まれすけ》）が殉死すると、「先生」もその後を追って自殺する。乃木大将は、西南《せいなん》戦争で軍旗を敵兵に奪われたことを一生の不覚としてずっと恥じていた。それで遺書には、西南戦争後はいつも死に場所を求めて生きていたと書いてあった。「先生」は、その乃木大将の心境に自分を重ね合わせたんだね。それだから間宮中尉という登場人物は、漱石の『こころ』の「先生」とどこか連続性があると思う。「死んだように生きている」というのは、近代日本文学の一つの大きなテーマなんです。そういう意味で漱石や森鷗外《もりおうがい》など、日本文学の重要なものはきちんと読んでおいたほうがいい。すると現代の文学作品の読み方も一段と深くなります。

「顔のない男」が意味するもの

佐藤　間宮中尉の体験談を聞いて、「井戸」の底には、こちらの世界とあちらの世界をつなぐ何かがあると岡田亨は感じたのかもしれない。「井戸」という場の力を借りることで、クミコとの関係において「気づかないし、気づこうとしなかったこと」を見つけ出せると考えたのかもしれない。それで、井戸の底に降り立った亨は、クミコとの過去についてあれこれと回想を始める。

さまざまな回想をしているうちに夜明け前になる。すると亨は、夢のような、幻想のようなものを見る。夢のような幻想の中で「顔のない男」が現れる。それは、以前にも夢の中で出会ったことがある男だった。

そこにはいつもの顔のない男が立っていた。僕が近づくと彼はその顔のない顔で僕を見た。そして音もなく、僕の前にたちはだかった。
「今はまちがった時間です。あなたは今ここにいてはいけないのです」
（『ねじまき鳥クロニクル　第２部　予言する鳥編』、新潮文庫　Ｐ１３４－１３５）

それではKさん、この「顔のない男」って何を表していると思う？

受講生K　岡田亨の分身なのかなと考えました。

佐藤　Mさんはどう思う？

受講生M　悪なるものの象徴と考えました。

佐藤　Wさんはどう思った？

受講生W　「顔のない男」というのは、意識の奥底の暗闇に住んでいる、番人みたいな役割の人なのかなと思いました。

佐藤　では、「あなたは今ここにいてはいけないのです」とその男が言うのはなぜ？

受講生W　もし今ここに長く居続けると、現実の世界で生きる気力がなくなって、抜け殻みたいになってしまいますよという警告なのかなと。

佐藤　なるほどね。おそらく「顔のない男」というのは、潜在意識に隠されている悪の部分とか闇の部分とかそういうものと、普段のオモテの意識との結節点にいる「何か」もしくは「誰か」ということだろうね。Wさんが言うように、顕在意識の世界と潜在意識の世界をつなぐ場所にいる番人のような人。意識下にあって、形にはならないけど確実に存在しているもの。ちなみにこの「顔のない男」というのは、村上春樹さんの作品にはよく出てくるんですよ。だから村上文学を読み解くにあたって重要な鍵となる人物だよね。

それじゃMさん、「今はまちがった時間です」ってどういう意味？

受講生M　今、これより奥へ進んでしまうと、もう後戻りできなくなる。

佐藤　Kさんはどう思った？

受講生K　問題を解決するための力をまだ手に入れていないから、時期尚早ということ。

佐藤　なるほど。私は「まちがった時間」というのは、前にも話した「カイロス」に関係していると思う。水平に流れる時間「クロノス」ではなくて、その流れる時間を上から垂直に切断するような、節目になる時間のことを「カイロス」というという話をしたよね。つまりタイミングだ。世界には大いなる何者かによってあらかじめ定められているタイミングのようなものがあって、それをカイロスという。

岡田亨は夢うつつの中で、こちらの世界とあちらの世界をつなぐ結節点にやってきた。あちらの世界には悪なるものがうごめいている。悪なるものがうごめいていて恐ろしいけれど、さまざまな問題を解決するヒントもそこにはありそうだ。だからなんとかしてあちらの世界に踏み込みたい。ところが「顔のない男」は引き止める。なぜなら、あなたにとってあらかじめ定められたカイロス、すなわち時間の節目ではないからだと。Kさんが言ったように、今はこの問題を解くタイミングではないんですということだよね。

自分が善人だと疑わない男

佐藤　さて岡田亨が井戸の底にいて、暗闇の中、手探りで縄梯子を確認しようとすると、それがなくなっている。つまり誰かに見つけてもらわない限り、亨は井戸から出られなくなってしまった。そこに笠原メイが現れて、井戸の口からのぞき込んで話しかける。笠原メイは、命が助かるかどうかは私にかかっている、あなたは私の気持ち一つでそのまま死んじゃうかもしれない、そのことがちゃんとわかっているのか、と亨に問いただす。

「たしかにそのとおりだね。君の気持ちひとつで僕はここで死んでしまう」
「そういうのってどういう気持ちがする？」
「怖いよ」と僕は言った。
「怖そうに聞こえないわね」

（『ねじまき鳥クロニクル　第2部　予言する鳥編』、新潮文庫　P156）

このやりとりだけど、Mさんはどう思う？

受講生M　岡田亨は、死という現実、死ぬかもしれないという恐怖にきちんと向き合ってないと思います。

佐藤　自分に死が差し迫っているのにどこか他人事だよね。普通は「助けてくれ！」とか「お願いだからここから出してくれ！」って叫ぶところなのに呑気《のんき》に構えている。亨のそういう態度に苛ついて、笠原メイは井戸の蓋を閉めて、去ってしまう。それで時間をおいて再びやってくるわけだけど、今度は亨は、クミコとの結婚生活がどうしてこんなことになってしまったのかと笠原メイに相談を始める。そんな話を聞いているうちに笠原メイはまたイライラしてくる。

「考えなさい。考えなさい。考えなさい」。そして再び井戸の口は蓋《ふた》でぴったりと塞《ふさ》がれた。

（『ねじまき鳥クロニクル　第2部　予言する鳥編』、新潮文庫　P169）

結局のところ笠原メイは、岡田亨のどんな態度に苛立ってるんだと思う？

受講生M　なんというか、亨のほうがずっと年上なのに、笠原メイに甘えている感じがします。

佐藤　そう、甘えだよね。笠原メイに対する岡田亨の態度って、お母さんに対する甘えに近いよね。躾《しつけ》のために押し入れの中に閉じ込められて、でも、お母さんはいつか出してくれるだろうと甘えている子どもみたいでしょう？　亨はおそらく、クミコのことも母親のような存在として見ている。失業中だろうが浮気しようが、クミコはすべてを許してくれると思っている。

いい大人なのに誰に対しても甘えていて、まったく自立できていない。自立しようという気配すらない。それによって人を傷つけるようなことばっかりしているんだけれども、本人は気づいていなくて、むしろ自分は善人だとさえ思っている。この種の善人というのが、世の中にいろんな害や悪をまき散らすんだということで、笠原メイは苛立っていたんだと思う。

だから「考えなさい」というのは、人に甘えたり頼ろうとしたりするのはいい加減もうやめて、自分の問題にひとりでしっかりと向き合っていきなさいということだろうね。

悪を創造するデミウルゴス

佐藤　井戸に閉じ込められ、激しい空腹感や、ずっと不自然な体勢でいることからくる身体の痛みに、岡田亨は苦しむ。思考力も衰えていくし眠ろうとしてもよく眠れない。朦朧《もうろう》としてくる中で、ただ過去の断片的な記憶だけが次々と浮かび上がってくる。それも過ぎ去ると、ふと独り言が口から出てくる。

知らずしらずのうちに独り言を口にしていた。自分でも気がつかないままに、きれぎれになった思考の断片を口に出して呟《つぶや》いていた。僕にはそれを抑制することができなかった。自分が何かの言葉を口にしているのを耳にした。でも自分がいったい何を言っているのか、ほとんど理解できなかった。僕の口は僕の意識とは関係なく勝手に、

自動的に動いて、意味のつかめない言葉を闇の中にずるずると紡《つむ》ぎだしていた。
（『ねじまき鳥クロニクル　第2部　予言する鳥編』、新潮文庫　P179）

「言葉を闇の中にずるずると紡ぎだしていた」とあるんだけど、これは創造神「デミウルゴス」のメタファーがあると思うんだよね。「言葉」を与えればそれは存在するけど「言葉」を与えなければそれは存在しない、という考え方がある。Mさんは動物を飼ってる？

受講生M　はい。猫がいます。

佐藤　猫はそのへんを歩いていたらただの猫だけど、その猫に、タマでもミケでもチビでも名前をつけたら特別な存在になるでしょう？　赤ちゃんが生まれると、親は名前をつけるよね？　そうすることで親にとって赤ちゃんは特別な存在となる。「言葉」を与えた瞬間に、それは特別な存在となる。逆も然《しか》りで「言葉」を与えられないものは特別な存在にはならない。だから「言葉」を与えることは、創造の一種と言える。

創造神「デミウルゴス」は、ギリシャの哲学者・プラトン（紀元前427－紀元前347）が書いた『ティマイオス』に登場する。それによると原初の混沌《こんとん》と闇の中で、デミウルゴスが「言葉」を発していったので、この世界や人間が創造されたのだという。

「言葉」によって創造がなされるという話は、聖書にも出てくる。ヨハネによる福音書にこうある。

初めに言《ことば》があった。言は神と共にあった。言は神であった。この言は、初めに神と共にあった。万物は言によって成った。成ったもので、言によらずに成ったものは何一つなかった。

（『ヨハネによる福音書』１章１－３節、新共同訳）

さてそのデミウルゴスだけど、グノーシス主義（1世紀から3世紀に地中海世界に興った宗教思想運動）に取り込まれると、下位の創造神として扱われるようになる。グノーシス主義の善悪二元論によれば、「精神世界」こそ「善」なるものであって、「物質世界」というのは「悪」なるものと考えられていた。それだから、物質世界を創造したデミウルゴス自体も、「悪」なる存在だと考えられた。悪なる創造神が、闇の中で「言葉」を紡ぎだして、悪なる物質世界を創造していったということだね。

だから「言葉を闇の中にずるずると紡ぎだしていた」という文章からは、そのデミウルゴスの創造が想起されるわけです。闇の中で紡ぎだされる「言葉」。それによって次々に悪が生まれてくる。『ヨハネによる福音書』に出てくる、光の中で紡ぎだされる「言葉」というのと対極的な関係だ。

こういうふうに村上春樹さんの作品というのは、西洋哲学的な仕掛けが非常に多く見られます。アメリカ文学やヨーロッパ文学に通じているので、自然とこのような思想が入り込んでいるんだと思う。以前に日本近代文学との連続性のお話をしたけれど、こうした西洋哲学的な背景も押さえておくと、テキストを、より一層深く読み解くことができると思います。

右頬の「あざ」が表すもの

佐藤　さて、岡田亨がある朝、髭をそっていると、右の頬に「あざ」ができていた。色は黒に近い青で、大きさは赤ん坊の手のひらくらいだった。この「あざ」って何を表していると思う？
受講生K　何かしらの能力の獲得と同時に、何かを失ったことの象徴だと感じました。
佐藤　Ｍさんはどう考えた？
受講生Ｍ　スティグマ（ギリシャ語で奴隷や犯罪者の身体に刻印された「しるし」）のよ

うなものかなと思いました。

佐藤　Wさんはどう？

受講生W　悪が現れてきたもので、それを表すしるしのようなもの。

佐藤　キリスト教では人間はその内側に「罪」を持っていて、それが形になると「悪」になると考える。だからこの「あざ」は、亨の「罪」が形となって現れ出て、「悪」として顕現したことのメタファーだろうね。善人のようにふるまっていた岡田亨も、その悪がいよいよ顕現してきた。それが「あざ」となって可視化されたわけだ。

では、「あざ」はどうしてできたのか。

あざの原因として唯一《ゆいいつ》思いあたることといえば、井戸の底で夜明け前に見たあの夢のような幻想の中で、電話の女の手に引かれて壁を抜けたことだけだ。

（『ねじまき鳥クロニクル　第２部　予言する鳥編』、新潮文庫　Ｐ２１３）

井戸の底で見た夢のような幻想の中で、岡田亨は、潜在意識の奥のほうにある、悪がうごめく領域に足を踏み入れたのかもしれない。だからそのしるしとして、悪の顕現を象徴する「あざ」ができたとも読み解けるよね。
実際その後、岡田亨は、岡田亨らしからぬ暴力的な行動に出ます。

何度も何度もその男の顔を殴りつけた。右手の指が痺《しび》れて痛くなるまで殴った。相手が意識をなくすまで殴ってやろうと思った。襟首《えりくび》を摑んで、頭を木の床に叩きつけた。僕はこれまでに殴り合いの喧嘩《けんか》なんて一度もやったことがなかった。思い切り人を殴ったこともなかった。でもどういうわけか、もうやめることができなくなってしまっていた。

（『ねじまき鳥クロニクル　第2部　予言する鳥編』、新潮文庫　P328）

岡田亨が新宿駅西口近くの小さな広場で人間観察していると、黒いギターケースを下げた若い男の姿にふと目がとまる。それは、亨が札幌に出張したときに入ったスナック・バーで、歌を歌っていた男だった。亨は男のあとをつけて、彼が入っていった建物に忍び込む。それで物陰に隠れていた男からいきなり野球バットで殴られるわけだけど、亨はすごい勢いでやり返す。何度も何度も男を殴る。まるで今までの亨とは思えない凶暴さだ。
それでこの「黒いギターケースを下げた男」だけど、Mさん、この物語において何を表していると思う？

受講生M　やはり、悪を象徴している存在かと思います。

佐藤　私もそう思う。さらに言うと「悪」の象徴であるギター男は、亨の内なる「悪」を誘発し、秘められた暴力性の蓋を開く存在になっていると思う。穏便に事を済ませようと生きてきた岡田亨に、じつは本人も気づかないほどの凶暴な力が眠っていた。自分の意志によって抑制することができないほどの、恐ろしい暴力性があった。ギター男がそれを誘発したわけです。

それで岡田亨は、この喧嘩の後、ギター男から奪ったバットを家に持ち帰るよね？　このことは、これまで認めてこなかった自身の暴力性を受け入れつつあることを示していると思う。自分の内に暴力性があることを受け入れて、それに向き合って、その上で自分をどうコントロールしていくか。自分の内なる悪を無視するのではなく、悪に気づかないようにするのではなく、しっかり向き合っていく。そういう決意の表れなんだと思う。

内なる悪を受け入れること

佐藤　自分の内なる悪を受け入れ始めた主人公の岡田亨は、やがて綿谷ノボルとの対決へと向かうことになります。

こうして見てくると、『ねじまき鳥クロニクル』という物語は、主人公が自身の内なる「悪」を発見し、それを統合していく物語とも読めるよね。その「悪」は、初めは抑圧されたり、否認されたり、他者に投影されたりしていた。しかし主人公は「井戸」の底で自分を深く見つめ、内なる「悪」の存在に気づき始める。無意識の奥に潜んでいる何か野蛮で下劣なもの。それを見つけて受け入れていこうとする。

自分は正しいと信じて疑わない人ほど、自分の内にある悪を顧みず、他人や社会にそれを投影してしまうものです。「悪いのはあいつであって私ではない」と。国家をつかさどるものがみずからの悪を顧みず、また国民もみずからの悪を顧みないとき、それは総体として「巨大な悪」となって、人々をあの太平洋戦争のような悲劇へと向かわせることになります。

前にも取り上げたパウロの手紙に、このような言葉があります。

わたしは自分の望む善は行わず、望まない悪を行っている。もし、わたしが望まないことをしているとすれば、それをしているのは、もはやわたしではなく、わたしの

中に住んでいる罪なのです。それで、善をなそうと思う自分には、いつも悪が付きまとっているという法則に気づきます。（『ローマの信徒への手紙』7章19－21節、新共同訳）

人間にはいつも悪がつきまとっています。それを完全に消し去ることは人間の力ではできません。ですが、悪に自覚的であることは大切です。悪への無関心は、悪を増幅させます。だから自分が正しいと信じてやっていることでも、それがじつは悪の行為なのかもしれないと内省する習慣を持つことです。

村上春樹さんの『ねじまき鳥クロニクル』をテキストに、さまざまな角度から、人間の「根源悪」を見つめてきました。

資本主義、能力主義、軍国主義など社会システムの生み出す「悪」から、人間関係において生じる「悪」についても考えました。

繰り返しになりますが、いちばん難しいことは、自分の内側にある悪と向き合うことです。この小説をきっかけに、ぜひ自分の内なる悪について考えてもらえればと思います。

それでは講義を終わります。

協力／同志社大学 新島塾
構成／本間大樹
帯写真／坂本禎久
ボイスリライト／宮崎江弓子
本文デザイン／センターメディア

〈同志社大学　新島塾〉の概要

入塾希望者に求める学生像

・知識・技能

幅広い教養と論理的・批判的思考力の育成に不可欠な広範な基礎学力を有し、専門分野の学びと新島塾の学びを両立できる学生

・思考力・判断力・表現力

物事を根拠に基づき論理的に思考し、的確な判断のもと自らの言葉によって他者に正確に伝えることのできるコミュニケーション能力を有する学生

・**主体性・多様性・協働性**

様々な学問分野への興味関心と新しい課題に積極的に取り組む強い熱意があり、多様な背景を持つ他者と協働して学ぶ姿勢を有する学生

人物養成の指針（各プログラム実施のねらい）

・学生時代の早い段階で、課題解決の「解」は1つではなく、複合的視点で考察し、物事の本質を見極める力が不可欠であることを知る。

・最善の方向に導くための「解」を見出すには、所属学部の専門領域を超えた幅広い知識や基礎学力の重要性を認識し、教養を高める。

・自身の潜在力を顕在化させるには、日々の地道な努力が必要であることを知り、強

い「志」や生涯を通して学び続ける姿勢といったリーダーの素養を獲得する。

・自身が担うべき役割を的確に判断し、様々な意見を汲み取りながら他者や組織を主体的に最善の方向に導くことができる人物に成長する土台を形成する。

・新島塾修了後は、大学の様々な活動の中でリーダーシップを発揮し、他の学生と学びの価値や「志」を共有する。

入塾対象等

・**入塾学年**　本学学部2年次生（出願・選考時は学部1年次生）

・**入塾期間**　学部2年次春学期から始まる通算1.5年間

※期間終了後の半年間（3年次秋学期）は自主的な活動期間です。

・定員

20名（1学年につき）

※入塾者選抜の結果、入塾資格を与えられた者が5名未満の場合、当該学年へのプログラムは実施いたしません。

※入塾者の追加募集は行いません。

・費用

原則無料

※合宿の宿泊費・食事代やフィールドワーク旅費・宿泊費は、大学が負担します。

※ただし、以下は入塾者の負担とします。

・同志社びわこリトリートセンター、フィールドワーク発着地までの交通費

・学外活動のうち、個人別・グループ別の活動に伴う交通費や施設利用料等の諸費用

・課題図書、参考図書の購入費用（書籍購入時のレシートと引き換えに購入費用を後日返却します）

修了証

・1.5年間の入塾期間を終え、修了要件を満たした塾生には、学長（塾長）から「同志社大学新島塾修了証」を授与します。

著者紹介

佐藤 優

1960年東京都生まれ。作家、元外務省主任分析官。1985年同志社大学大学院神学研究科修了。外務省に入省、在ロシア連邦日本国大使館に勤務。その後、本省国際情報局分析第一課で、主任分析官として対ロシア外交の最前線で活躍。2002年背任と偽計業務妨害容疑で逮捕され、2009年最高裁で有罪が確定、外務省を失職。2005年に発表した『国家の罠』（新潮社）で第59回毎日出版文化賞特別賞受賞。『自壊する帝国』（新潮社、2006年）で新潮ドキュメント賞、大宅壮一ノンフィクション賞受賞。『獄中記』（岩波書店）、『私のマルクス』（文藝春秋）、『人に強くなる極意』（青春出版社）など著書多数。

同《どう》志《し》社《しゃ》大《だい》学《がく》講《こう》義《ぎ》録《ろく》

『ねじまき鳥《どり》クロニクル』を読《よ》み解《と》く

2023年6月1日　第1刷

著　者　佐《さ》藤《とう》　優《まさる》

発行者　小澤源太郎

責任編集　株式会社プライム涌光

電話　編集部　03(3203)2850

発行所　株式会社青春出版社

東京都新宿区若松町12番1号〒162-0056

振替番号　00190-7-98602

電話　営業部　03(3207)1916

印刷・大日本印刷　　製本・大口製本

万一、落丁、乱丁がありました節は、お取りかえします

ISBN978-4-413-23307-1 C0095

佐藤優の本

教養としてのダンテ「神曲」
<地獄篇>

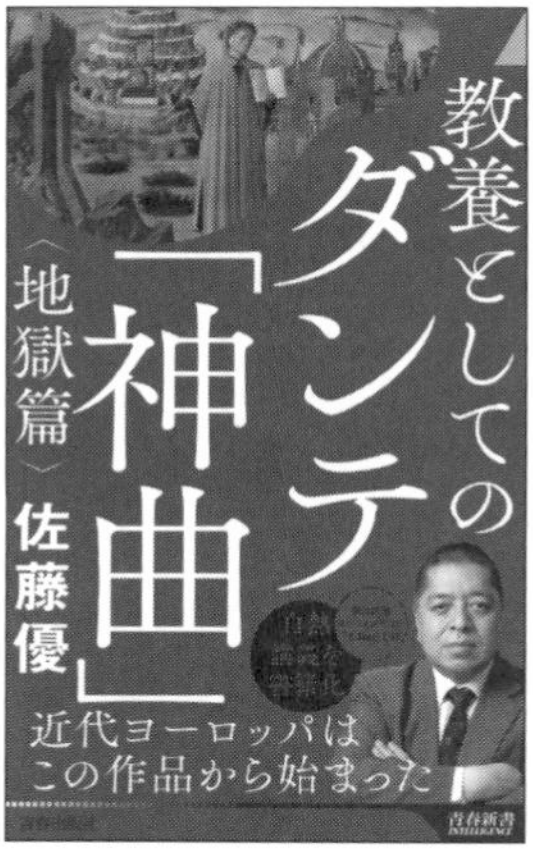

700年読み継がれる不朽の名著、
ダンテの「神曲」。
混迷する現代を生き抜くための
大いなるヒントを探る

ISBN978-4-413-04657-2　本体1350円＋税　新書判

国家と
資本主義
支配の構造

アーネスト・ゲルナーの
『民族とナショナリズム』をテキストに、
現代の〝支配の構造〟を解き明かす

ISBN978-4-413-23259-3　本体2000円＋税　四六上製判

佐藤優の本

人に強くなる極意

どんな相手にも「ぶれない」「びびらない」——。
現代を“図太く”生き残るための処世術を
伝授する

ISBN978-4-413-04409-7　本体838円＋税　新書判

「ズルさ」のすすめ

実直に頑張るだけでなく、
ときには「ズルさ」を発揮することも必要だ。
厳しい時代を生き抜く極意

ISBN978-4-413-04440-0　本体840円＋税　新書判

お金に強くなる生き方

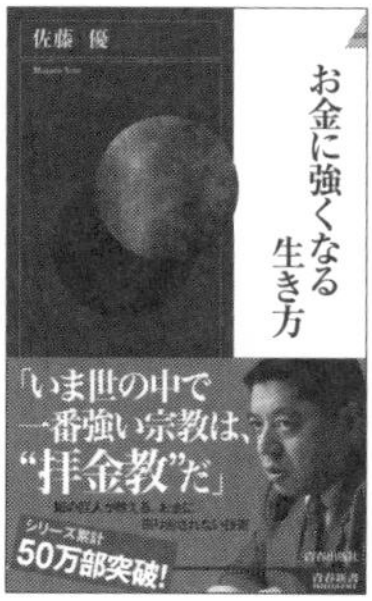

どうすればお金に振り回されず、
幸福な関係を築くことができるのか。
格差社会を生き抜く知恵を伝授

ISBN978-4-413-04467-7　本体840円＋税　新書判